U0131002

K INK INK INK INK INK IN
INK INK INK INK INK INK
K INK INK INK INK INK IN
INK INK INK INK INK INK
K INK INK INK INK INK IN
INK INK INK INK INK INK
K INK INK INK INK INK IN
INK INK INK INK INK INK
K INK INK INK INK INK IN
INK INK INK INK INK INK
K INK INK INK INK INK IN
INK INK INK INK INK INK
K INK INK INK INK INK IN
INK INK INK INK INK INK
K INK INK INK INK INK IN
INK INK INK INK INK INK
K INK INK INK INK INK IN
INK INK INK INK INK INK
K INK INK INK INK INK IN
INK INK INK INK INK INK
K INK INK INK INK INK IN
INK INK INK INK INK INK
K INK INK INK INK INK IN

INK INK INK INK INK INK
INK INK INK INK INK
INK INK INK INK INK INK
INK INK INK INK INK
INK INK INK INK INK INK
INK INK INK INK INK
INK INK INK INK INK INK
INK INK INK INK INK
INK INK INK INK INK INK
INK INK INK INK INK
INK INK INK INK INK INK
INK INK INK INK INK
INK INK INK INK INK INK
INK INK INK INK INK
INK INK INK INK INK INK
INK INK INK INK INK
INK INK INK INK INK INK
INK INK INK INK INK
INK INK INK INK INK INK
INK INK INK INK INK
INK INK INK INK INK INK
INK INK INK INK INK
INK INK INK INK INK INK

中國歷代
07 爭議人物

文武兼治

張居正

邱仲麟◎著

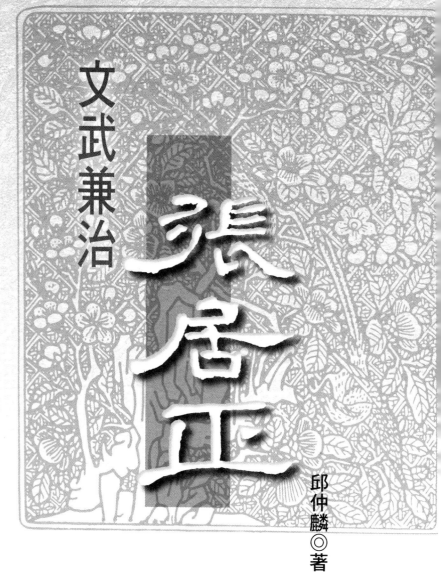

前言

身為一個歷史人物，張居正已經無法開口為自己說話；但對歷史而言，他確是一個受爭議的人物；張居正去世至今已經超過四百年，但是仍然衹能說已經「蓋棺」，談不上「論定」。

在他一生五十八年的歲月裡，後面的十五年，是他的顛峰期：他身任內閣大學士，參與或執行改革，挽救了嘉靖以來的衰頹，造成另一個盛世。

張居正身居內閣首輔前後十年，在這十年之間，他有如太陽——夏天的豔陽；帶給了整個大明帝國朝氣，卻也炙傷了一些人。他使一些陰暗的角落得到光亮，但也引來一些麻煩；於是，有人埋怨陽光太強。

然而張居正不是神，他是人。既然是個人，他便有他的愛憎，有他的喜怒；他當然也喜歡別人奉承，喜歡別人聽話。他有他的思想，有他的見解；他的個性剛毅、果決、任性；他辦事認眞，做事負責，一切都顯示出他是一個精明強幹、固執己見的人，當然他還是會做錯事。

張居正生存的年代，正是明朝中央政府內部權力傾軋最厲害的時期，自他二十三歲中式進士，涉足北京政治後，他便在政治中成長，也在政治中歿逝。我們不能說他是對是錯，祇能說是好是壞。

編者在此所要強調的是：張居正脫離不了體制、時代環境、政治風氣的限制。而全書所著重的重心也因張居正的角色而有不同。

在張居正入閣參與機要以前，敘述的重點在於局勢與政府內部權力傾軋，由此反映日後他改革的用意，以及他作風的來源。

入閣任大學士後，又可以分爲兩個階段：隆慶時期與萬曆時期。前期因爲他祇是閣員，所能做主的不多；後期是他當國的階段，自然能夠雷厲風行地施展抱負。

張居正任首輔十年，在明代來講，雖然任期才排第三，次於嚴嵩的十六年五個月，以及萬安的十年四個月。但是，他是明代最有權力的大學士，整體看來，他地位有如宰相，雖然名義上他祇是祕書長。這是他之所以被稱爲權臣的來源。

張居正的政治措施，主要在提高中央的威望，用文言文講叫做「振作綱紀」，因此難免會給人專制、獨裁的聯想，但是他確實用心良苦；做法上儘管有欠周全，但是效果上卻不能說不大。

至於說到他壓制輿論，其實也是爲了貫徹政策，而不能不採取的手段罷了。身爲政治人物，他受到攻擊與批評都是必然的，但是這些批評，有些只是爲沽名釣譽而無的放矢；有些確是就事論事。兩者雖難以區別，但張居正對他們往往一概處以貶謫。

雖然張居正身後，被萬曆皇帝冠以「謀國不忠」的罪名，事實上，這罪名沒有意義，他距離不忠於國家的地步確實有一大段差距；若要說不忠，祗能說是對皇帝不忠罷了。

在軍事、財政方面，張居正花費了最多的精神，最後也的確有了回報，就此而言，張居正大有功於國家。

總而言之，張居正是號人物，至於這人物的生平如何？何以遭受議論？讀者看完此書後，自然有一番瞭解。

文武兼治

張居正

目錄

【上 篇】

張居正傳

一、出岫

明嘉靖四年（一五二五年），正當梅子黃熟、霖雨霢霂的時節，江陵的張府喜獲麟兒，這嬰孩日後成為有明以來最風光、最有作為、也最受爭議的人物。這時正是世宗即位以來第一個雞年的五月初三，時值暮春；張居正就在此晚春季節，來到人間。

居正的母親趙氏懷胎十二個月才生下他，就在他出生前夕，曾祖父張誠作了一個夢：月亮落到水甕裡，照得滿甕發亮，隨即化做一隻白龜，於是曾祖父便依白龜的諧音給他取了名字叫「白圭」。張居正雖字叔大，號太岳，但在十二歲以前，他祇有一個名字：張白圭。

張居正的祖先張關保，在元末時追隨朱元璋東征西討，他本來是淮西鳳陽定遠氏人，因為戰功受封到歸州長寧所（湖北歸秭）做世襲千戶，入了湖廣的軍籍。衛所是明代的軍事制度，天下初定後，朱元璋在各府設所，諸府要衝之地設衛，在正常狀態下，衛大約有五千六百個官兵，千戶所有一千一百二十人，百戶所有一百一十二人。士兵與軍官都是世襲，隸於軍籍，與民籍分開，就是歷史上所謂的「衛所兵制」。張關保之後傳張唐，張唐再傳張旺，到了張誠因爲不是長房，世襲千戶的職銜與他無關，因此從歸州遷到江陵，入了江陵籍。

張誠搬到江陵獨立門戶後，生活並不富裕，但卻樂於助人。張誠有口吃的毛病，但是口吃儘管口吃，卻特別喜歡訓話，而且頭頭是道，江陵人給他取了個綽號叫「張謇老」，也常常引他的話來教訓子弟。張誠有三個孩子，長子張鉞，長於治產，家道因之日漸殷實；三子張釴好讀書，補縣學生；次子張鎮字東湖，就是張居正的祖父，他既不讀書，又不治產，喜歡做行俠仗義的「江湖人」，後來才在江陵遼王府當護衛。張鎮固然放浪，但張誠卻偏愛他，這不是因爲張鎮的可愛，而是父母對不成材的子女，常有特別加護的意趣。然而儘管「謇老」對張鎮特別愛護，卻始終有一點遺憾。第二個兒子既不如老大和老么，祇有希望他生一個好子嗣，所以當張鎮生了張文明時，他說：「我這一輩子幫了人不少忙，應當有一個好子孫，也許就是這個孩子吧！」

張文明即是居正的父親，字治卿，號觀瀾，二十歲補府學生（秀才），但考舉人考了七次都落榜，直到張居正點了翰林才對功名死心。文明常自嘆命不如人，但實際上是個性害了他：他跟他父親一樣，性情豪放不拘，不願俯首繩墨或遵循矩矱，念書不夠仔細，基礎不穩；加上性情不被主試者欣賞，結果屢試屢敗，祇好當大學士的父親。文明性情既同於他父親，自然也好喝酒，並且喜歡、擅長說笑話，常常把眾人逗得心花怒放，於是上自縉紳，下至小民，沒有不喜歡跟他親近的；若有好酒，大家也必定請文明這開心鬼去鬧鬧。這就是張居正父親的模樣，跟居正著實不同。很顯然的，張誠對這個孫子的期望也成泡影了，但他還是看到了曾孫的出生：居正呱呱墮地時，他曾祖父、祖父、父親都在。文明那年二十二歲，他妻子二十歲。張居正在家中是長子，後來母親又給居正添了三個弟弟——居敬、居易、居謙及一個妹妹。

張居正出生時，明朝的國勢已經中衰，像太祖（一三六八～一三九八年）、成祖（一四〇三～一四二四年）、宣宗（一四二六～一四三五年）那般的文治武功已不見；隨著英宗（一四三六～一四四九年，一四五七～一四六四年）在「土木堡之變」被俘，以及「奪門之變」景帝（一四五〇～一四五七年）被廢，外患、內訌在暗暗的軌道上運行。憲宗（一四六五年）時明朝已走下坡，雖經孝宗（一四八八～一五〇五年）興復，但武宗（一五〇六～一五二一年）卻損之有餘，政治在荒唐中漫步。

這位正德皇帝是個閒不住、不喜歡受拘束的人，他喜好新鮮、刺激的事情。正德的個性極強，對於皇帝的職責，他拒絕群臣所代表的傳統觀念，而有他自己的看法和做法。他在位時，常常離開北京，一走就是幾個月甚至長達一年。而住在北京期間，他又打破陳規，開創新例，有時竟在深夜舉行晚朝，朝罷後又大開宴席，弄到通宵達旦。對這些越軌的舉動，臣僚們自然難以和他合作，他也就撇開正式負責的官員，而大加寵用親信的軍官與宦官。正德即位時還不滿十四歲，他有超人的膽量、充分的好奇心、豐富的想像力。他有他自己尋歡作樂的辦法，而且我行我素，毫不為臣僚的批評所動搖。與書呆子作對，也許正是他引以自娛的辦法。登極未逾兩年，他就搬出紫禁城，不再受宮廷內部清規峻律的限制。他所建的住宅名叫「豹房」，坐落在皇城中空曠之處，中有精舍、獵房及俱樂部，從此他就在宦官、倡優、喇嘛以及異域術士的包圍之中。如果興之所至，他也偶然臨朝或出席經筵，但更多的興趣則在遊獵。除此之外，他喜歡自己在皇城裡練兵，甚至帶兵親征。

正德十二年，當時韃靼的小王子伯顏猛可率領五萬騎兵入邊，圍困了本朝一營官兵，皇帝準備御駕親征，藉此體會戰爭的實況，並且檢驗多年來練兵的成效。當然臣子無法阻撓他的大事，但是前後四個月，北京的臣僚幾乎與皇帝失去聯絡。當皇帝救援得勝回朝，一場好戲上演了，他在事前命令宦官打開倉庫，取出各種綢緞遍賞百官，要求他們盡一晝夜之力製成新的朝服接駕。由於時間過趕，第二天文武百官的衣服眞是混亂不堪，皇帝還親自設計帽子給官員戴，式樣怪里怪氣，弄得臣僚互相看了都覺得好笑。

次年正德皇帝覺得親征眞好玩，要求大學士草擬敕旨，命令「威武大將軍朱壽」再次到北方邊區巡視。對這項命令，四位大學士都不肯接受，皇帝便自封、自准出師，在征途中，又降下敕旨，封自己爲「鎭國公」，歲支俸米五千石；五個月後又加封自己爲太師。於是他就成了自己手下最高級的文官，位居大學士之上。這次的出征，正好遇上大風雪，從者瑟縮委頓，他卻精神煥發，始終自持武器，端乘座馬，堅持不用舒適的乘輿，有幾次還和別人擠民用大牛車。然而這次親征並沒遇上敵人，在外搜索了九個月，正德十四年春才回到北京。

這一年，由於江西寧王朱宸濠造反的消息傳到他耳裡，正德覺得應該到南方去親征，準備以威武大將軍的名義到南方各省巡視，害得官員們聯名勸諫，正德大爲震怒，把所有跪勸不走的一百四十六個官員每人廷杖三十，結果有十一人當場或事後傷重而死。正德在秋間成行，江南的秀麗風光使正德樂而忘返。當他還在準備首途時，朱宸濠之亂已經被王守仁平定了，正德覺得臉上無光，在到達江西後，命令將宸濠釋放，他就在鄱陽湖上與宸濠玩官兵捉強盜，結果自然是正德捉著朱宸濠，他就報捷加功，賞了自己一番。一路笑鬧之餘，在一次捕魚活動中，皇帝所自駕的輕舟傾覆，雖然獲救，但已使聖躬不豫。正德十五年底回到北京，第二年（一五二一年）年初就在豹房病死了。由於正德沒有子嗣，經大臣與皇太后商議的結果，迎接封國在湖廣安陸的興王朱厚熜來入承大統，是爲世宗嘉靖皇帝。作爲皇室的旁支子孫而居帝位，在本朝尚無前例，嘉靖是第一個，也是唯一的一個。大臣們便趁此機會，肅清了正德的親信，其劣跡尤著的幾個人都被處死刑。而當張居正出生的時候，正德才死不久，嘉靖登基也還不滿四年。

張居正生存的時代是陽明學的高峰，他出生時王陽明五十四歲，正在江西巡撫任上，而且在這一年當中，王陽明有「拔本塞源論」。王陽明卒於廣西南安時，居正才三歲不滿，王學在陽明死後，衍生出許多流派，自浙中王學、江右王學、南中王學、楚中王學、粵閩王學、泰州王學以至東林黨爭，遍及整個大明帝國的南半部，而北方則王學不盛，走的仍是程朱一派學問。居正所受理學的影響大約是楚中耿定向的王學，此派王學乃是泰州學派的流亞，而泰州學派在諸派王學中最爲平民化，其摻雜禪學意味也最濃，居正生平最反說禪，或許可以自此觀察因由。

張居正的時代同時又是書院復興的時代，陽明講學的處所如龍崗書院、貴陽書院、濂溪書院、稽山書院、敷文書院等，都是隨處經營，隱然宋代學風的回復；而除陽明外，又有他人的講學。等到陽明病歿，建書院奉祀陽明的風氣大盛，於是，整個南方充斥著祀陽明的書院，這個運動歷久不衰，學校的性質也由教育而變成宗教，自然遭到一些人的側目，於是有嘉靖十六、七年吏部尚書許讚等的請毀書院，世宗因而詔令毀書院、禁私建。然而一方面撤毀，而一方面依然建設，直至嘉靖四十二年仍有人建書院以祀陽明，可見當時民間勢力不下於中央。張居正親躬此種情況，在萬曆年間當政時立意打擊書院，重申中央威信自屬必然。這些都是時代環境的作用。

張居正自小聰明，很得家人疼愛，兩歲的時候便認得《孟子》裡「王曰」二字；五歲入學，更充分表現出神童的伶俐，句讀、記誦都難不倒他。十歲時讀通六經大義，而且已經可以寫雜感文章。嘉靖十五年，居正十二歲，到荊州府投考秀才；據說荊州知府李士翱在前幾天晚上作了個夢：夢見玉帝給他一個玉印，吩咐他轉給一個小孩。幾天後荊州府點名召見入圍秀才的孩子，霍然發現第一名張白圭像極了夢中的小孩，李士翱把他喊近，仔細端詳，爲他改名叫「居正」，說：「白奎不足名子，子他日當爲帝者師，余得聞命天皇上帝矣！願自愛！」於是，以後的四十多年，他就以「張居正」聞名。而這時正巧湖廣學政田頊到荊州視察，李士翱告訴他府境出了一個奇童，田頊把居正招去面試，出題「南郡奇童賦」考他，居正振筆疾書，不久便洋洋灑灑一篇作文出來，學政和知府兩人都驚異不已。這年張居正補了府學生，成了俗稱的秀才。

次年，居正從荊州到武昌應鄉試考舉人，考試結果，居正的考卷得到湖廣按察僉事陳東的欣賞，極力主張錄取，但卻因爲湖廣巡撫顧璘的看法使得居正下第。顧璘是當時名士，人稱顧東橋，王陽明的「拔本塞源論」便是在《答顧東橋書》中闡發的。他認爲十三歲的孩子就中舉人，以後便會自滿，反而打消他上進的心，對他不利，因此主張給他挫折，使他更能奮發。於是便與監試的馮御史說：「張居正是一個大才，早些發達，原沒有什麼不可，不過最好還是讓他遲幾年，等到才具老練了，將來的發展更不可限量。請馮御史斟酌一下。」監試御史覺得巡撫的想法極對，雖然陳東反對，但張居正還是落榜。三年後，居正才以十六歲之年中舉，當時顧璘以工部右侍郎職在安陸興王府督理顯陵工程，居正前往拜見，顧璘以自己的犀帶見贈，囑咐他抱大志願，要做伊尹、顏淵，不要祇想做一個年少成名的舉人。隨著歲月的增長，張居正實踐了長者對他的期許。

大約在居正中舉這年，他祖父張鎮死了。張鎮的死與遼王府有關。明初時，明太祖大封皇子爲親王，第十五子朱植在洪武十一年封衛王，二十五年改封爲遼王；遼王府本來在遼寧廣寧，建文年間「靖難」，遼王渡海南歸，徙封荊州，這是遼王府在荊州的由來。張鎭因在遼王府當過護衛，兩家人乃發生關係。當時遼莊王致格的世子憲㸅與居正同年，憲㸅是個放蕩的少年，有一天，憲㸅母親毛妃找居正去遼府玩，用飯的時候，毛妃對憲㸅說：「你這般的不進取，終有一天給居正牽著鼻子走！」憲㸅聽了雖然沒有發作心中的憤怒，卻埋下了對居正敵視的意念。遼莊王在居正中舉的前幾年死去，在居正中舉是年，憲㸅服喪期滿，襲封爲第七代遼王；這時居正的名聲已著於荊州，他的成績使得憲㸅相形失色，因而加重了毛妃對憲㸅的督責，令憲㸅覺得張居正是罪魁禍首，使身爲王爺的自己卻像犯人，處處受限制。於是把怨恨轉移到在遼府前護衛的張鎭身上，某天，召張鎭進遼府，賜酒食招待，但是不知怎麼搞的，張鎭就死在遼府裡，居正對此事極爲激動憤慨，但礙於憲㸅是親王不好招惹，祇好隱忍於心上。居正是個會記恨的人，日後便對遼王施行報復，導致遼王憲㸅的被廢與禁錮。

嘉靖二十三年，居正入北京應禮部試考進士，卻落榜了，雖然他日後追憶說是因爲專心於古籍書堆中，以致八股制義荒疏而落第，但是在這段日子裡，他對於王陽明學說及禪宗經典的涉獵，也是影響落榜的因素之一。這時候王學已經走脫陽明學說的本意，流於空談、說禪，但居正畢竟還是把握了「知行合一」的宗旨，對於他日後的爲政發生了某種程度的影響。

嘉靖二十六年（一五四七年），張居正再度北上參加會試，會試及格後又與殿試，結果中二甲進士，授翰林院庶吉士，時年二十三歲。明代制度進士分一、二、三甲，一甲祇有狀元、榜眼、探花三人，賜進士及第；二甲若干人，賜進士出身；三甲若干人，賜同進士出身。狀元授翰林院修撰，榜眼、探花授翰林院編修，二、三甲進士則視成績好壞，授翰林院庶吉士、低級京職或外放爲地方知縣等。張居正會試時，座主是孫承恩、張治，因爲他選考《禮記》，所以他的房師是閱《禮記》試卷的陳以勤、吳維嶽。這一年的狀元是李春芳，同科及第的還有殷士儋、王世貞、汪道昆、王宗沐、吳百朋、劉應節、王遴、殷正茂、淩雲翼、陸光祖、楊巍、宋儀望、徐栻、楊繼盛等人，都是一時俊彥，日後也都在政治、事功或文學上有所表現，同時也是萬曆前十年張居正當政時的同僚。

明代的翰林院是政府儲才養望的機構，是中央最高的學術中心，略似現在的中央研究院，但前者原則上是政治人才的訓練，而後者則純是研究機構。庶吉士是翰林院中最底層的分子，相當於見習生，庶吉士設立的用意在於進士初及第，對於國家整體的制度、行政運作未必了然，選入加以訓練、養成，俟熟習後外放為地方基層官員，或續在京為官，在政治人才的培育上至為重要。由於庶吉士是為翰林學士，甚而為進陞內閣大學士的基石，因此當庶吉士始進之時，大家便目為儲相。而居正這時已經是身居儲相之列了。

於是，江陵的張居正進成北京的張居正，從此開始了政治生涯。

二、晨光

當嘉靖以第二代興王入承大統，成爲本朝第十一任皇帝時，他才十六歲。嘉靖的父親興獻王是憲宗的兒子，正德十四年薨，他以十三歲的年紀、世子的資格董理興國事務，過三年便以正德堂弟的身分北上即了帝位。

嘉靖即位不久，便因追尊父親興獻王的事與大臣發生衝突；嘉靖原來便是一個有個性、有主見的孩子，當他甫自安陸興王府到京時，禮部尚書毛澄請以皇太子禮即位，他立即拒絕，堅持遺詔祇是「以我嗣皇帝位，非皇子也」。因而他認爲該稱父親興獻王爲皇考，伯父孝宗爲皇伯考；還想把父親追封爲帝並入祀太廟，且把他生母也尊爲皇太后。這種做法在本朝是違反禮法的，因此招來通朝大臣的反對。於是皇帝與朝臣便處於冷戰狀態，嘉靖一心想達成目的，但又苦於無理論根據，正巧這年的進士張璁爲他找到依循的法子。張璁考進士考了七次不成，這次成功，年紀已經四十七，急於表現，他看出這是一次進身的機會，便上疏說明「承統非繼後」，爲嘉靖找到理論根據，後來又寫成〈大禮或問〉一文奏上，更得嘉靖歡心。嘉靖得到張璁、桂萼、方獻夫等一幫人的協助，在與反對的諸臣爭論了好幾年後，得到勝利，反對的朝臣大批受到貶斥。這就是所謂的「議大禮」案。

張璁因爲這次贊助皇上，嘉靖念他忠貞不移，很快的便在六年入閣爲大學士。有明一代，從釋褐（即中式得官）到入閣，比張璁更快的只有兩人：一個是正統十三年（一四四八年）的狀元彭時，在掄元的次年，便以修撰之職入閣，在明代諸閣臣中，算是入閣最快的；另一個則是崇禎十三年狀元魏藻德，他在十六年（一六四三年）便以少詹事兼東閣大學士入預機務，從得中到入閣只不過三年，爲時之速，算是僅次於彭時。在張璁入閣後不久，桂萼也在嘉靖八年以吏部尚書兼武英殿大學士入閣預機務。由於張璁、桂萼入閣的因緣在士大夫眼中是佞媚，加上他們出身偏低——張璁是正德十六年二甲第七十八名；桂萼是正德十年（一五一五年）三甲第六十二名——更令人感到不齒，因爲人品受到舉國上下的鄙視，張璁、桂萼便更努力地巴結嘉靖，於是在朝中便形成了敵對的兩派，彼此互相猜忌、攻擊，形成內政上的傾軋。張居正中式時，內閣與部臣、屬僚間，即處於類此的危機與暗鬥氣氛中。

這時張璁、桂萼、方獻夫等已經自內閣致仕，嚴嵩與夏言的衝突正在明槍暗箭的階段。張璁一幫人在把持內閣七、八年後，一直沒有對手，嘉靖十五年夏言入閣後推倒這股勢力，之後便是夏言與李時、翟鑾間的暗鬥，嘉靖二十一年夏言被革職，嚴嵩入閣；不久嚴嵩打敗翟鑾，翟鑾受到削籍爲民的處分；二十四年夏言復職，於是內閣中成了夏言、嚴嵩對峙的局面。

而世宗嘉靖本人的表現，這時已大不如昔。嘉靖登極的前二十年可以算得上盡職，他喜歡讀書，並親自裁定修改禮儀，且摧毀「豹房」，詔令天下勿再進貢珍禽異獸，事事表現出英明的氣魄。可是到了中年之後，他又使臣僚大失所望。從嘉靖十八年起，他便不再視朝；嘉靖二十年以後，他搬出紫禁城，住在離宮別苑；他對舉行各種禮儀也失去興趣，轉而專心致志於修醮煉丹，企求長生不死。嘉靖二十六年，居正入仕的頭一年，世宗已經老了，雖然他祇有四十一歲；然而皇帝的年齡和一般人不同，崇高的地位，使他的生活失去了上進的誘惑，於是他開始覺得厭倦，再由厭倦轉到衰邁。可是嘉靖對於整個政治，仍然把握著，一步不曾放鬆，他祇是退居幕後，如果外朝吵得太兇，偶爾他也會出來顯現一下皇帝的權威，用用廷杖，殺幾個大臣。假如這是政治的軌道，那麼居正政治生涯開始起步的這一年，明代的政治正是在這樣的軌道上面。

嘉靖二十六年，倭寇已經開始嚴重；韃靼族的俺答已多次入寇，明代的陸邊與海防都受到考驗，然而內部的政治既已昏瞶，在外的疆臣自然難以施展，隨著歲月的流變，外患像沈疴一般日深一日。

嘉靖二十七年，內閣裡發生重大波濤，首輔夏言在正月遭到罷職，三月繫獄，十月在北京棄市，結束了他高亢的一生。明代自成祖以來，政治的樞紐全在內閣，整個內閣僅是皇帝的祕書處，內閣大學士祇是皇帝的祕書。內閣的權力有時非常藐小，即使在相當龐大的時候，仍舊受到君權的限制，不管任何權重的大學士，在皇帝下詔斥逐以後，當日即須出京，不准逗留片刻。內閣後來又依資歷形成一套制度：在閣中的名次既經決定，便成不可更易的順序，首輔離職，次輔才能遞進，在次輔之後者也才能依次遞升。不但如此，首輔如果罷職，不管去職久暫，只要再行入閣，排資在他之後，已然位居首輔的人也該退下，由這位舊時的首輔重居首位。由於閣臣同時在閣者每有多人，首輔又有類似領班的作用，遇事總是由他當先，和皇帝的接觸也以首輔為多，所以彼此之間相互競爭自始便很激烈，在三楊（楊士奇、楊榮、楊溥）之後，閣臣們雖說彼此尚能相安，但小小的衝突實則還是常有，到了嘉靖初年，張璁以議禮入閣，閣臣間的爭奪傾軋便又激烈起來，到了夏言與嚴嵩而達於高潮。而夏言雖然以「豪邁有俊才，縱橫辯駁，人莫能屈」，而推倒張璁、桂萼、方獻夫等人才入閣，但卻敗在自己引入內閣作爲助手的嚴嵩手中，落得身首異處，下場著實堪嘆！

嚴嵩與夏言都是江西人，前者來自袁州府分宜縣，後者來自廣信府貴溪縣，雖然是同鄉，卻是兩個不同類型的人物。嚴嵩爲人陰狠毒辣，但卻都以柔媚出之，對人能言善道，八面玲瓏，使人無從捉摸；而夏言則剛愎自用，盛氣凌人，兩者一柔一剛，形成明顯對比。夏言自入閣後，自始便是名非首輔，實如首輔；而且爲時不久，便適逢翟鑾丁憂，李時病故，成了眞首輔。嘉靖十九年，翟鑾丁憂期滿重入內閣，夏言雖依例退居次輔，但實際上卻絲毫未變，史稱翟鑾重入內閣，對夏言「恂恂若屬吏然，不敢少齟齬」。有其名而無其實；對上如此，對下自然更目中無人，嚴嵩是個權欲薰心、巧於鑽營的人，夏言即便以前輩待他（他比夏言早十二年中式，以此論應是前輩），遇有機會，也難得他不會乘機傾陷；而今夏言視之如奴僕，如何不會懷恨在心，暗中下手呢？因此他利用人性同情弱者的心理，在嘉靖面前總是做得誠惶誠恐，和夏言的傲然無人成爲尖銳對比。

由於嘉靖修醮時，要有一道上給玉皇大帝的表章——因爲寫在青紙上，故稱青詞——便命閣臣擬寫，嚴嵩總是殫精竭智地把文學的天才完全灌注在青詞上面，來取悅嘉靖，而夏言則不加措意。嘉靖不但要閣臣代撰青詞，還要求他們的服飾打扮也都要表現出求道的誠意，世宗在醮天時自己戴著香葉冠，一時高興，製了許多，賜給閣臣每人一頂，要他們上西苑時戴上；又傳諭進入西苑只准騎馬，不許坐轎；嚴嵩對此不但謹遵，還在香葉冠上籠上輕紗，以示虔敬，使得嘉靖極爲快慰。而夏言則不戴，稱言大臣朝天子用不著道士的衣冠，且入西苑也不肯騎馬，仍是我行我素地坐轎。夏言與嚴嵩兩人，一正一反，對比之下，嘉靖的寵信便轉向嚴嵩了。

在對下的工夫上，嚴嵩的策略也故意處處與夏言形成對比；夏言嚴峻，他就寬和；夏言傲岸凌人，他就謙恭下士；夏言輕於處分，他卻到處救援，於是嚴嵩籠絡了人心，助他攻夏言的人日漸增多。正好此年，河套的吉囊（韃靼的一支）大舉入寇，嚴嵩利用這機會，聲言是夏言與曾銑（時任「總制陝西三邊軍務」職）所執行的「復套」行動，在國境啓釁的結果。其後嚴嵩又買通嘉靖近侍，發動言官，內外交攻夏言與邊臣結納、大言欺君、互相串通、共謀奸利，使得夏言不但罷職，而且與曾銑分別下獄，在三月、十月雙雙被判處斬刑，死在法場。

嚴、夏之爭，由於嚴嵩以陰柔取勝，其反覆之多、歷史之久、手段之毒，在明代閣臣爭奪中都達到了高峰，前此的夏言與翟鑾、李時之爭固難與之相比，即後來的徐階與嚴嵩，高拱與徐階，爭執間雖也用了陰謀、權術，但和嚴嵩之與夏言，卻仍差一截。

在夏言和嚴嵩的鬥爭裡，一個新科進士是沒有地位的，等到張居正對於當時的時局有了些認識，夏言已經失敗了。在政治的環境裡，他開始體會到必須蟄伏以待；他也學著蝸牛那般，伸出觸角從容緩進。在翰林院裡的新科進士，對於實際的政治並不負任何責任，祇是在悠閒的歲月裡，不斷充實自己；雖然這時大部分的進士都將心力集中在研討詩文上，但也有一部分的人士偏向鑽研朝章國故。在張居正入翰林院的時候，多數人正在討論如何作西漢的文章、盛唐的詩句，但是居正的注意力，卻集中在實用的經世濟民上面。或許這正是他以後能獨當一面的原因所在。

在明代，進士入選爲翰林院庶吉士，稱爲「館選」，三年期滿稱爲「散館」；庶吉士散館後例賜翰林院編修，因此在嘉靖二十八年，居正便陞爲翰林院編修，然而編修仍是一個清銜，沒有實際的政務。

就在這一年，張居正上了一封兩千言的《論時政疏》，指出當時政府有五種「臃腫痿痹」的病症：宗室驕恣、庶官瘝曠、吏治因循、邊備未修、財用大虧。繼此五小病之後，他又指出足以致命的「血氣壅閼」之病——上下乖隔，極明顯的是對準嘉靖及嚴嵩而發，但是居正在疏上寫得委婉，沒有引出禍患。其實這一封《論時政疏》是張居正在嘉靖朝除例行章疏外，唯一的一次上疏；或許他已經看出當時政治的癥結：嘉靖已經上了道癮，嚴嵩的根基強固，政情在短期之內沒有扭轉的跡象，也不是一個新進的翰林院編修所能做到的，祇好將心中的盼望與志願埋藏，等待另一個時機。而這一等便等了將近二十年，直到嘉靖崩殂，隆慶即位才有了轉機。到那時以後，居正的施政便從五個臃腫痿痹的病症下手，開始挽救「明朝」這位病人。

嘉靖二十九年春間，張居正請假回江陵，大約在秋間才回到北京；就在秋八月間，北京發生了著名的「庚戌之變」：俺答的大軍從塞北南下，攻古北口；薊鎭兵潰；同時又從黃榆溝潰牆入境，進向北京，最後到達北京都城外，造成京師戒嚴，局勢極爲緊張。

俺答自從嘉靖二十七年以後連年入寇，使得北邊受到威脅，這一年更是空前龐大，直搗明朝國都。本朝自成祖以來，雖說有京營四十萬，但經過百餘年來的廢弛，到嘉靖初年京營的兵額已經十一萬不到，而當俺答逼到北京近郊，兵部尙書丁汝夔清查營伍，祇剩下五、六萬的老弱殘兵，根本不足以對付矯健的韃靼騎兵。當丁汝夔下令京營出城駐紮，兵士們個個顯得愁雲慘霧，股慄腳軟。戰爭沒有把握，世宗祇有下詔大同總兵官仇鸞及河南、山東兵勤王，第一個抵達的是大同總兵官仇鸞，以及其帶領的兩萬大軍，其後陸續入援的勤王軍有五、六萬，總算有點聲勢。於是以仇鸞為平虜大將軍，節制諸路兵馬，以巡撫保定都御史楊守謙提督軍務，左諭德趙貞吉宣諭諸軍。

仇鸞雖然總領十多萬的軍隊，卻還是不敢同俺答交鋒，兩軍對峙的局面下，仇鸞祇好派代表向俺答接洽：祇要不攻城，什麼條件都可以談。而俺答這一次的入侵，終於使得嘉靖走出道觀，出面來主持事宜：召集內閣大學士嚴嵩、張治、李本及禮部尚書徐階到西苑商量對策。俺答的目的在求貢，因此給了嘉靖一道求貢書，嘉靖要衆人提出意見；但對本朝來說，貢市是一大禁忌，嚴嵩深知此中輕重，便推諉說是禮部的事，徐階從容地接了招，說出他的方法。他指出俺答的求貢書是用中國文字寫的，日後不能做為依憑，而且也沒有臨城求貢的道理，祇要俺答開出長城，改用韃靼文書寫，再由大同守將轉達，一切都可以商量。

嘉靖聽了徐階的退兵之計，極為高興，便下諭內閣擬旨照辦。俺答收到嘉靖的回覆後，才退兵出塞，而仇鸞卻趁此偷襲，不料偷雞不著蝕把米，在白羊口吃了敗仗。俺答一退，京師戒嚴解除，世宗開始追究責任，嚴嵩也順便排除異己，結果趙貞吉遭到廷杖，外放貶官；兵部尚書丁汝夔、保定巡撫楊守謙被指有罪，第二天便被斬於市。由於事出無名，朝臣大為不滿，孚為訟冤，惹得嘉靖龍顏大怒，左都御史、刑部侍郎都受到廷杖的「賞賜」。因著這次的危機，在京營制度上也起了變化。明初京軍本分三大營，一叫「五軍」，一叫「三千」，一叫「神機」，但在「土木之變」後，京軍傷亡殆盡；景帝即位後，于謙創立十營團練的制度，憲宗時又增為十二營，此後沿而不廢，一直到嘉靖依然。然而在俺答入寇京師後，嘉靖在朝臣的建議下，終於罷團營，恢復三大營舊制，改「三千」為「神樞」；並設戎政府，總督京營戎政（即戎政總督）一員，以仇鸞上任。仇鸞本是嚴嵩的爪牙，在這次危機中沒有遭到責罰，反而受到嘉靖的重用，自是必然；然而他的受重視，最終還是為他帶來災禍。

仇鸞由於不敢與俺答相抗，主張採取對俺答開馬市的辦法，當時仇鸞是嘉靖面前的紅人，兵部雖然上疏力爭不可，仍然得不到重視。於是在嘉靖三十年春，馬市終於在宣府、大同設立，規定一年開市交易兩次，以兵部侍郎史道為經理辦行相關事宜。然而在表面上雖然是對等貿易，但實際上，俺答所得的是生活必需的物資，明朝所得的卻是一批不能作戰的劣馬，得不償失。因此在馬市一開後，反對的聲浪便即出現，首先反對的是與居正同年的進士，現任兵部員外郎的楊繼盛。由於仇鸞正是得寵之際，楊繼盛便貶為甘肅狄道典史。然而馬市雖然開立，俺答的抄掠仍然不止，大同開市，他寇宣府；宣府開市，他寇大同，警報連連，嘉靖開始後悔了。

由於這次開馬市原來便有城下之盟的味道，所以自始至終都受到廷臣們的指摘，現在戰事又起，縱使嘉靖有些苟且，也禁不起被欺騙的刺激。嘉靖三十一年三月，便命令仇鸞親自到大同去坐鎮巡防，同時詔命在「庚戌之變」退敵有功的禮部尚書徐階，兼東閣大學士入閣參預機務，於是內閣便成了嚴嵩、徐階、李本鼎立的局面。徐階深知仇鸞是嚴嵩的搭檔，但他也瞭解到嘉靖對馬市的不悅，何況這時的嚴嵩對仇鸞的鋒頭蓋過自己也深爲不快，於是更把仇鸞貽誤大局的策略揭破。五月嘉靖召仇鸞入京，八月收仇鸞大將軍印，仇鸞驚而病死。半個月後遭到戮屍，傳首九邊重處。而在九月，嘉靖停掉馬市，於是開市一年半的馬市夭折，明朝與韃靼又回復到戰時狀態。

就在這前後，徐階開始注意到張居正。徐階是江蘇華亭人，短小白皙，是個典型的江南人；人極聰明能幹，嘉靖二年——居正出生的前兩年——便以二十一歲之年中了一甲第三名的探花，授編修，進了翰林院。爾後得到夏言的看重，對他多予提攜。然徐階入閣並不算早，是在從政三十年後才得入閣的，他遇事從容，正是由於在閣外歷官多年，閱歷繁多，有以致之。徐階入閣次年便升爲次輔而居李本之上，由於其人聰明，科名高，嚴嵩自始對他便很忌怕，多次加以傾害，《明史》記載說是「中傷之百方」，然而徐階從容應付，嚴嵩終無法奈何得了他。且徐階的文筆甚佳，所撰青詞很得嘉靖稱賞，他的聲譽又日起，嚴嵩更無法推倒他。張居正入翰林院時，徐階正以吏部右侍郎兼翰林院學士，教習庶吉士；不久陞翰林院掌院學士，進禮部尚書。因此，在翰林院的名分上，徐階是居正的老師。徐階入閣之前，對張居正的沈毅淵重，雄鷙果敢，早已有了深刻的印象，入閣後即加以結納。《明史》說徐階入閣時，「嚴嵩爲首輔，忌階，善階者皆避匿，居正自如，嵩亦器居正。」

原來居正不是一個怕權勢的人，在與徐階交情深摯之後，和嚴嵩雖然表面相處平和，實地裡卻與徐階計畫推倒嚴嵩；而在嚴嵩眼中，張居正祇是一個會寫應酬詩文的文士而已。

嘉靖三十二年（一五五三年）對張居正來說，應是傷懷的一年。他的夫人顧氏死去已經一年，同年的楊繼盛又因劾嚴嵩而下獄，國事家事都令他黯然。

楊繼盛是個耿介的人，命運坎坷，七歲喪母，庶母善妒，叫他去放牛；經過里塾，看到人家的小孩讀書，很是羨慕，後來便一邊放牛，一邊在塾外偷聽，到了十三歲才入學。家裡貧窮，但他益自刻厲，中舉後在國子監讀書，受到當時任國子祭酒的徐階賞識。三十二歲登進士，授南京吏部主事，從南京吏部尙書韓邦奇學音律，盡得邦奇精髓而聲名大噪。後來入北京爲兵部員外郎，因彈劾仇鸞被貶爲甘肅狄道典史，狄道地方漢番雜處，罕知詩書，繼盛爲他們設學校，請經師，皆自己出錢；因此得到百姓擁戴，喚做「楊父」。

已而俺答毀約連連入寇，仇鸞失敗，嘉靖想起他，先遷山東諸城知縣，月餘調南京戶部主事，三天後遷刑部員外郎，短短不到四個月間，由甘肅、山東的地方官，進而爲南京、北京的京官。當時正值嚴嵩用事，嚴嵩前此不久對於仇鸞凌越自己極不高興，而楊繼盛的攻擊仇鸞，間接給予嚴嵩一大安慰，因此想以官祿拉攏，乃陞他爲兵部武選司；然而繼盛厭惡嚴嵩甚於仇鸞，又念一歲四遷，思所以報國家，因此在抵任甫一個月，便草書奏章彈劾嚴嵩，在上奏前還齋戒三日。

楊繼盛在疏上攻擊嚴嵩有：壞祖宗之成法、竊君上之大權、掩君上之治功、縱姦子之僭竊、冒朝廷之軍功、引背逆之姦臣、誤國家之軍機、專黜陟之大柄、失天下之人心、敝天下之風俗等「十大罪」；又有：視陛下左右如己之間諜、使陛下喉舌如己之鷹犬、任陛下爪牙如己之瓜葛、令陛下耳目如己之奴隸、用陛下臣工如己之心膂等「五奸」。疏上之後嘉靖頗爲生氣，嘉靖是一個英察自信、果於刑戮、頗爲護短的人，嚴嵩便因此性情，故意激怒嘉靖，來戕害異己以達成己私。繼盛在疏中有「召問裕、景二王」的話，嚴嵩便說繼盛交結親王，「詐傳親王令旨」，嘉靖大怒，下繼盛詔獄，廷杖一百。爾後嚴嵩懼楊繼盛再起，對己不利，便在嘉靖三十四年十月將繼盛附在張經、李天寵的案子上，以不相干的罪名論斬於西市，當時楊繼盛才四十歲。

嘉靖三十三年，張居正鬱鬱憂傷地請病假回到江陵，暫時離開政壇。這時他才三十歲，年輕的心卻隱含著有志難伸的痛苦；平生的知己徐階，也只是小心翼翼地應付政敵，對於朝政亦每事依違，不敢持正，這在他看來就是畏縮。居正臨回江陵時，留下一封《謝病別徐存齋相公書》給徐階，籲請徐階彈劾嚴嵩，書中明白指摘徐階過於持重，祇消極等待時機來臨，居正說：「相公內抱不群，外欲渾跡，將以俟時，不亦難乎？盍若披腹心，見情素，伸獨斷之明計，捐流俗之顧慮，慨然一決其平生。」

然而居正畢竟政治經驗不夠，理想色彩過濃；徐階身在內閣危機圈內，利害輕重自然瞭解，且在固執己見、阿護前非的世宗面前指摘嚴嵩，更是大不韙的行動，徐階一步也造次不得，自然祇得忍耐，俟時機到來。然而張居正終究按捺不住，退回江陵。

張居正回江陵的前一年，「嘉靖大倭寇」開始作亂，這一年更加猖獗。大約起於元太祖十八年（宋寧宗嘉定十六年，西元一二二三年）的倭寇高麗，在朱元璋立國後，仍然不絕，且有由北向南發展的趨勢。洪武、永樂年間主要以遼東、山東爲主，至後南移至兩淮，其後江蘇、浙江，達於福建、廣東。整個嘉靖三、四十年代，倭寇肆虐於蘇、浙、閩、粵四省，幾乎使得沿海民戶爲之一空，地方變爲廢墟。這時浙福、南畿總督張經和浙江巡撫李天寵正在積極堵禦。第二年二月，嚴嵩的義子工部侍郎趙文華上奏：倭寇猖獗，請禱祭東海以鎮壓暴寇。這異想天開的方案，得到嘉靖大大的贊許，於是派趙文華往祭東海，並總理剿倭事宜。趙文華本已忌恨張經、李天寵，此時更對二人下毒手，就在嘉靖三十四年五月，正當張經與副總兵俞大猷大敗倭寇於蘇南王江涇時，張經與李天寵被陷下獄，而代之以兵部侍郎楊宜總督軍務；十月張經與李天寵，並楊繼盛同時在北京被殺。這時居正已經在江陵，自然沒能看見這幾個正人君子的死，他祇是在詩酒中消磨歲月。

嘉靖三十四年九月，北京因俺答的進攻而再度戒嚴，北方的邊牆已經抵不住韃靼的攻勢。整個嘉靖朝四十餘年，北方的寇警不絕。在嘉靖十九年以前，河套的吉囊年年入寇；嘉靖二十年七月，俺答與阿不孩遣使款塞求貢不獲後，與吉囊聯合入侵，此後兵禍綿延，愈演愈烈，以俺答爲主力；而漠東則以小王子爲主，威脅東北。這中間除了嘉靖三十三年，薊遼總督楊博等少數擊退俺答的例子外，明朝所損失的將軍、軍官不計其數。幸虧這一年俺答入寇，被參將馬芳擊敗於保安，否則後果堪虞。

張居正回到江陵，雖然卜居小湖山中，日與修竹、癯鶴為伍，終日閉戶讀書、靜坐，心中卻仍不能忘懷政治；他最痛心的還是整個政局。皇帝齋戒修道，祈求長生；嚴嵩繼續做商賈，「貨財上流」，賣官鬻爵；清醒的徐階束手無策，祇是投注心力精治青詞，逢迎帝心。而居正此際祇是個在野文人，雖說心中有萬般苦悶，有清君側的志願，然一切都不得其門而入；他的心緒只有傾瀉於詩文，從嘉靖三十三年至三十六年的休假期間，山水宴遊都不能沖淡他對政治的關懷。在各地遊歷中，居正看到了民間的疾苦，宗藩的驕恣不法，以及田賦、商稅的累及本民，和地方豪強的機巧變詐，這些對日後張居正的施政深具影響，他所以要限制宗藩、裁抑豪強、施行法治、丈量土田，都歸因於此。

嘉靖三十六年秋天，張居正從江陵入京，再投入政治的漩渦裡，這時的朝局依昔，世宗還是一意修玄，嚴嵩還是大權在握，徐階仍然不動聲色；新起的政治勢力是嚴嵩的兒子嚴世蕃。嚴嵩在六十三歲才入閣，如今已經七十八歲，所以到西苑伺候嘉靖，與官員接洽政務的事，他都吩咐他的「小兒東樓」（東樓是世蕃的字）代辦。名義上嚴世蕃是工部左侍郎，事實上他是嚴嵩的代理人。嚴嵩是「大丞相」，世蕃是「小丞相」。

此時明帝國仍是外患頻仍，南有倭寇，北有俺答，內政在外患中動盪，征剿行動在朝政的陰影下進行。居正在回到翰林院後，曾說：「京師十里之外，大盜十百爲群；貪風不止，民怨日深！倘有奸人乘一日之釁，則不可勝諱矣。非得磊落奇偉之士，大破常格，掃除廓清，不足以弭天下之患。顧世雖有此人，未必知，即知之，未必用。此可爲慨嘆也！」可見他對外患、內政都有所抱負，但感嘆沒有伯樂罷了。

嘉靖三十七年，崇端王翊鏳襲封，張居正奉命到汝寧（河南汝南）冊封崇王。汝寧去江陵不遠，居正便順道回家，這是他最後一次看到他父親。

就在這一年，嚴嵩與徐階的鬥爭逐漸表面化。三月，刑科給事中吳時來、刑部主事張翀、董傳策同日上疏，彈劾嚴嵩。嚴嵩看出吳時來、張翀是徐階的門生，董傳策是徐階的同鄉，於是認定是徐階指使的，便在嘉靖面前哭訴，結果哭得吳時來、張翀、董傳策分別被貶到廣西橫州、貴州都勻及廣西南寧。然嚴嵩的權威已經下降，不能與夙昔相比；徐階的地位則日見提高。

當楊繼盛劾嚴嵩時，嚴嵩已經開始猜疑是徐階指使；後來趙錦、王宗茂劾嚴嵩，徐階又議請從輕發落；於是這次嚴嵩便在嘉靖面前，直指徐階交結言官，但嘉靖不聽，因而他推倒徐階的計畫也跟著行不通。自此以後，嘉靖有所密詢，皆捨嚴嵩而找徐階，因而在嘉靖三十九年，徐階便由少傅晉太子太師。同年，張居正也從翰林院編修升右春坊右中允，管國子監司業事（相當於國立大學副校長）。張居正任司業時，祭酒（相當於校長）是高拱。《明史》說這段時間，高拱與居正友誼深厚，互相切磋，且「相期以相業」。

嘉靖四十年十一月間，西苑火災，嘉靖所住的永壽宮被火燒毀，祇好徙居玉熙殿。由於玉熙殿太狹隘，嘉靖想有所營建，於是問嚴嵩意見，嚴嵩請他回大內南城去住。嘉靖生性喜歡住別墅，又因南城是英宗失國爲太上皇時所居，聽到這個答案，嘉靖頗不高興；便問徐階的想法，徐階請以最近蓋奉天殿、華蓋殿、謹身殿所餘的材料，權責工部尚書雷禮營造新殿。嘉靖大悅，依徐階建議行事，並命徐階的兒子尚寶司丞徐璠兼工部主事負責督工。次年春天新殿落成，嘉靖立刻便搬進去住，命名爲萬壽宮。同時陞徐階爲少師，兼領尚書俸，徐璠特別進用爲太常少卿。於是嚴嵩的威望更見低落，而嚴嵩兒子嚴世蕃貪橫、淫縱的事件也慢慢傳開來，嚴嵩看出徐階將接替他而爲首輔，不過只是指顧間事，於是又使出流涕乞哀的伎倆。他設宴邀請徐階，並要家人都圍著徐階環拜，自己還說：「我是即將下世的人了，他們此後還望我公加以哺育。」但徐階卻不吃這一套，推辭說不敢當。

同年某日，嘉靖所寵信的道士藍道行，受陽明理學後人何心隱的密計，偵知嚴嵩將揭帖上疏，便對嘉靖說乩神降語：「今日有一奸臣言事。」嘉靖正在躊躇懷疑的當兒，嚴嵩的揭帖已到，嘉靖於是大起疑心。不久嘉靖問輔臣賢否，道行詐做箕仙降臨，具言嚴嵩弄權的情形。嘉靖又問：「果爾，上玄何不殛之？」道行推說：「留待皇帝正法。」嘉靖頓時陷入凝思。不久，御史鄒應龍在一位太監家中避雨，正好聽到這些情況，知道嚴嵩所獲的寵信不再，便上疏彈劾嚴嵩一貫庇護貪污盜竊，其子世蕃在母喪中卻還日夕飲宴，恣爲淫樂，既虧孝道，且目無王法。因此在嘉靖四十一年五月，嚴嵩二十年的大學士（中間位居首輔十六年）生涯終於結束。嘉靖一面降旨命嚴嵩退休，馳驛歸里養老；一面將嚴世蕃交法司訊問，最後判決嚴世蕃及其子嚴鵠、嚴鴻，門客羅龍文充軍邊地。次年，嚴嵩上奏請求：「臣年八十有四，惟一子世蕃及孫鵠等皆遠戍，乞移便地就養，終臣餘年。」嘉靖不許。

張居正看到嚴嵩政權倒台，內心無比欣悅，對自己的前景也抱著無限希望，因而有「狂歌嫋嫋天風發，未論當年赤壁舟」這樣的詩句：他對徐階也欽佩不已。

嘉靖四十二年（一五六三年），南方的倭寇在經由總督胡宗憲，總兵劉顯、俞大猷，副總兵戚繼光等連年討剿後，已經大致底定。次年又經戚繼光、俞大猷等人追討，閩粵的倭患完全平定。然而北方的俺答仍然入寇宣府，南掠隆慶；十月，俺答的弟弟把都兒和俺答的兒子辛愛，破牆子嶺入寇，北京戒嚴，下詔各地勤王，是為「癸亥之變」；直至十一月才得解嚴，這是嘉靖年間最後的一次戒嚴。

嘉靖四十三年，張居正所修的《承天大志》完成，進官右春坊右諭德，為裕邸日講官。原來嘉靖在正德十六年自安陸州入都即位後，在嘉靖十年升安陸州為承天府，命文學詞臣修撰《承天大志》；而嘉靖四十二年又命首輔徐階、次輔袁煒為總裁領銜重修《承天大志》，徐階薦居正為副總裁主修。《承天大志》修成，居正入為裕王府講官，為日後進官大學士奠下了基礎。

就在這一年，御史林潤再劾嚴世蕃，世宗逮世蕃下獄。四十四年，林潤上疏言嚴世蕃與羅龍文「交通倭寇，潛謀叛逆」，嘉靖大怒，於是世蕃、龍文伏誅，並降黜嚴嵩及其孫為民。不久嘉靖又抄嚴嵩家，得銀二百萬兩以上，金珠玉寶難以勝計，在當時相當於國家一年的總收入。嚴嵩至此完全失敗，兩年後貧病交織，死在兒子的墓廬裡，下場凄涼。

嚴嵩原是以佞媚嘉靖而得寵，《明史》說：「嵩無他才略，惟一意媚上，竊權罔利。」後來徐階因有見識而得幸，嚴嵩仍肆意不改，遍引私人宅居要職，致使嘉靖漸漸對他厭倦，其後因其怠職，一切由嚴世蕃代理，故在與嘉靖召對時，往往失旨，且所撰青詞都由人代筆，不甚工美，於是益失歡心。其實嚴嵩的失敗雖是必然，但徐階推倒嚴氏父子也非偶然。固然黃宗羲說徐階「純以機巧用事」、「絕無儒者氣象，陷於霸術而不自知」，但也不得不承認「先生之去分宜（嚴嵩），誠有功於天下」。

嘉靖四十五年，張居正由右春坊右諭德，進爲翰林院侍讀學士，掌翰林院事，官階增至從五品。

就在嘉靖四十四至四十五年間，內閣有大幅更動。自嚴嵩罷職之後，內閣祇有徐階、袁煒兩人，嘉靖四十三年三月袁煒病重罷歸；故四月輔以嚴訥、李春芳二人；但十一月嚴訥又因病篤而罷，內閣祇餘徐階與李春芳。徐階不似嚴嵩，甚或夏言那般跋扈，更不會獨擅朝局，初登首輔時，便請求嘉靖命袁煒與他共同擬旨。

徐階行事從容，對嘉靖也導引有加，竟改變了嘉靖猜忌刻薄的缺點，而以寬大爲務。嘉靖厭惡言官抨擊過當，欲加以責打，經徐階委曲調濟，皆得減輕刑罰；他並勸嘉靖要廣聽諫言，而使得言路通暢。自徐階當國後，緹騎偵伺官僚與廷杖詔獄的事情都大爲減少，任事的臣僚也都能以功名終世，這些都不得不歸功於徐階。就明代中晚期來說，他可謂是一賢相。

然而嘉靖四十五年三月，徐階引入郭朴與高拱，卻爲內閣帶來了風波，一直到隆慶年間風波仍然未息。郭朴是河南安陽人，高拱是河南新鄭人，兩個人不但是同鄉，性情也極相近。郭朴、高拱恃才傲物，徐階則溫柔敦厚；郭高兩人入閣之後，對徐階並不十分看重，高拱尤其倨傲尙氣、負才自恣，自覺自己在裕邸主講多年，入閣爲勢所必然，對徐階的引進並不以爲意，於是雙方漸不融洽。而當時的張居正，其實是徐階的幕後閣員，政治的機密，居正都有所與聞；且徐階私下，早已爲居正做了從容的布置。

嘉靖四十五年（一五六六年），嘉靖因爲服用過量丹藥而引起燥熱之症，到十一月病情更加嚴重，或許是想葉落歸根，竟然想回湖北老家興都（即安陸州或承天府），經徐階力諫才打消念頭。到十二月時，知挽救無望，在輔臣的勸告下，由西苑搬回大內乾清宮，不久便崩逝了。

嘉靖死後，第一件事便是發表遺詔。明朝遺詔常是大臣的手筆，當遺詔草成時，可能皇帝早已嚥氣，所以實際上和皇帝沒有關係。

然而負責的大臣常常可以利用遺詔對前朝的弊政做一次總掃除，因此在政治上，遺詔往往發生重大的影響。

這時徐階與張居正商量，將嘉靖朝行齋醮、興土木、求珠寶、營織作等擾民的事以遺詔名義停止；又將嘉靖初年因「議禮案」、「大獄案」無端受到貶斥的官員，經由遺詔名義復官。這便是世宗遺詔的德政。

嘉靖遺詔命裕王載坖即位，即穆宗隆慶皇帝，他即位的時候，年三十歲；徐階這年六十五歲，張居正四十二歲。

三、傍午

嘉靖四十五年十二月，裕王載垕即位，成為本朝第十二任皇帝，是為隆慶皇帝；這時，本朝立國差兩年就滿兩百歲了。

隆慶與他的父親是不同類型的人物，儘管《明史》說世宗嘉靖祇是「中材之主」，但他仍然能做到英斷果敢，「威柄在御」；而穆宗隆慶卻祇能做到「繼體守文」，造成「寬恕有餘，而剛明不足」。既比不上父親，自然更不能與英明睿智、雄才大略的太祖、成祖相比，即若武宗正德也勝過他許多。隆慶個性過於優柔寡斷，他不敢像他父親嘉靖、伯父正德那樣我行我素，放縱自己的欲望，卻也不能做一個成功的領袖；君主的權威，對他簡直是一種折磨。上朝時他總是一語不發，三緘其口，無奈地等待臣僚們奏報完畢；由於他不善裁決，使得朝政的爭執膨脹不已，更造成內閣傾軋甚於往常，影響所及，便是門戶對立。這是隆慶朝六年之間，內閣風潮不斷的主因。

明朝中葉以後的皇帝，都是好吃懶做的傢伙。隆慶自然也不例外。他雖對實際的政治不感興趣，但在宮廷裡他仍然有他的愛好：愛嬪妃、愛喝酒、愛出遊……於是整個政治，眞是有點像傳說中的「垂拱而治」了。所幸他個性寬厚，不喜歡加罪臣工，所以整個隆慶朝也沒有什麼大刑戮出現。

隆慶即位時，內閣的大學士有徐階、李春芳、郭朴、高拱；吏戶禮兵刑工六部尚書分別是楊博、高燿、高儀、趙炳然、黃光昇、雷禮。由於穆宗是在十二月中即位，於是隔年元月，便改元隆慶元年。開春不久後，張居正由翰林院侍讀學士，進陞禮部右侍郎，兼翰林院學士，這時居正已是正三品官了。

二月，張居正晉吏部左侍郎兼東閣大學士，入閣參預機要；同時入閣的還有他會考時的房師陳以勤。兩人的入閣都是因爲曾爲裕王講官的緣故。本朝自來東宮官僚，照例是大學士的候補人，現在裕王即位，兩人的入閣辦事便是這層關係的演變。這一年居正四十三歲，祇是一個新銳，閣中的大學士除李春芳以外，全是他的老師或前輩，這時春芳入閣已經兩年。李春芳所以能夠早些入閣，主要是得到嘉靖的歡心。原來春芳在嘉靖二十六年中式狀元之後，便被選入西苑撰青詞，大受嘉靖的眷顧，連番受到特旨晉官，在嘉靖四十四年便入閣爲大學士了。其實這是嘉靖朝官僚入閣的通例之一而已，嚴嵩、徐階、袁煒、嚴訥等人的入閣，也無一不與善撰青詞有關。

張居正入閣之後，充任《世宗實錄》總裁官；四月，進禮部尚書兼武英殿大學士，加少保兼太子太保，距他去除學士五品官一年才多一些，可說迅速；歸根結柢，自然是由於徐階的援引。

當初，隆慶即位時，內閣便處在極不安靜的氣氛中。當時徐階以宿老位居首輔，與次輔李春芳皆能禮賢下士，而郭朴與高拱則傲氣凌人，明顯地與徐階、李春芳形成對立。因此居正進內閣時，一次閣潮便已在醞釀中了。這次閣潮的緣由在於世宗遺詔。依本朝慣例，遺詔多由首輔主草，他如需要有人商議，多半也是邀約一或兩位閣臣；但是徐階這次卻把閣臣全都撇開，單單與張居正共同商議，這種做法固然使居正甚爲感激，但是在郭朴、高拱看來則是睥睨同列，因此大感憤恨，不僅痛詆徐階，並且遷怒到居正身上。正巧今年間「京察」群臣有所不公，引生導火線，使得雙方的冷戰變成熱戰。

明代自憲宗成化四年（一四六八年）成立「京察」制度以後，京官五品以下都必須由吏部會同都察院，以及各科給事中共同加以考核；到孝宗弘治十七年（一五〇四年）又定每六年一察。京察的權柄，照例握在吏部尚書手中，除了都察院的都御史可以過問外，不受任何干涉。這一次的京察，連御史、給事中這類言官都有所降黜，偏偏吏部尚書楊博的同鄉——山西人沒有一個降黜的，這一來便激起言官的公憤，首先攻擊的便是吏科胡應嘉。然京察的慣例是：結果公開以前沒有異議，事後便不得再論，而今胡應嘉竟提出彈劾，連寬厚的穆宗都認爲牴牾，下令內閣處罰。由於高拱在嘉靖病重時，常常蹺職回府與妻子見面，曾經受到胡應嘉的彈劾，又因應嘉與徐階是同鄉，高拱便猜疑是徐階指使。現在高拱認爲報復胡應嘉的時機到了，便請徐階擬旨廷杖應嘉，徐階認爲沒有嚴重到廷杖的地步，遂未照辦，高拱更怒。雖然胡應嘉後來遭到革職，但高拱以爲太輕，便令御史齊康彈劾徐階，敘說徐階二子徐琨、徐瑛在鄉里縱橫不法的事。這下子徐階再也無法忍受了，請求辭職，接著兵科給事中歐陽一敬等一群言官開始回敬齊康，齊康終於敗下陣來，遭到革職。

由於高拱一向目中無人，本不受喜歡，現在更飛揚跋扈，言官非常不滿意，交相參劾，其中以歐陽一敬最爲厲害。徐階不想事態擴大，爲高拱調解，但並不處罰攻擊者，高拱益不高興，弄得兩人在閣中怒氣相對。然而攻擊高拱的言論像山洪暴發，一發不止：北京科道之後，南京科道又跟著參奏，最後高拱也敗下陣來，以少傅兼太子太傅、尚書、大學士回里養病，時隆慶元年五月。高拱本人見識宏偉，政治措施多值得贊許，但是個性過於剛強、直率，又不肯讓人，於是遂難安於位。高拱一去，郭朴不自安，也請求去職回里，隆慶下詔慰留；然而御史龐尙鵬、淩儒等還是不斷攻擊郭朴，到九月中，郭朴也去職，內閣除張居正外，只剩下徐階、李春芳、陳以勤等人。這次的閣潮，是一次頗爲嚴重的風波，然而它祇是浪頭而已。

正當兩派在朝廷內相持的時候，俺答、土蠻（土默特）在九月初先後入寇大同、薊鎭，直達灤河：隆慶詔宣大總督王之誥還駐懷來，巡撫曹亨駐兵通州以警衛京師，京師戒嚴；到十月中俺答退才解嚴。

隆慶二年正月，居正加少保兼太子太保。就在這一年上半年，政局又發生變化；七月，徐階因隆慶的貪玩而掛冠求去，致仕歸里。隆慶初即位，本來任用以持正不阿著名的內官監太監李芳，後來李芳因爲忠謹而得罪了同類的太監，加上隆慶愛珠玉、遊幸，司禮監滕祥、孟沖、陳洪便以爭相伴遊得寵，李芳遭到革職禁錮。滕祥等人競相以奇技、淫巧的事物取悅隆慶，又製作了一種喚做「鰲山燈」的燈，引導隆慶夜遊、夜宴，通宵達旦；內侍甚至在午門毆打御史，朝臣譁然。徐階覺得太不像話，除了糾辦罪魁禍首外，並上言勸諫，限制宦官的行動；弄得中官大爲不滿，便在隆慶耳根軟語，使得徐階在隆慶心目中的地位慢慢下降；而且高拱又私下巴結司禮太監滕祥等人中傷徐階，於是徐階的形勢益形不利。六月間，隆慶又要赴南海子去搭龍船遊湖宴樂，徐階諫阻，但是不受採納。徐階祇得乞求休假歸里，而正在此時，給事中張齊又以私下恩怨彈劾徐階，徐階上疏請辭，由於隆慶對他的尊重已經轉移，便詔准賜他馳驛歸里。又因李春芳的建議，給予人伕旅資、下璽書褒美，由行人（使者）開路等等；在徐階進殿辭行時還賜白金、寶鈔、彩幣、襲衣等。於是徐階捨棄了北京的政治生活，回江南的家鄉，開始講學生涯。臨行的時候，徐階把生平的志願、理想和個人的家事，都託付了張居正。

張居正失去了相依的政友，同時也失去愛護自己的長者；所幸如今的張居正已經可以在政治圈中獨立門戶，單兵作戰了。八月間，居正上了四千五百餘言的《陳六事疏》，請隆慶皇帝「省議論」、「振紀綱」、「重詔令」、「覈名實」、「固邦本」、「飭武備」。這一切主張，都是針對當時現況而發。「省議論」是就言官的囂張而言的，用現在的術語，就是要隆慶控制議場秩序，壓抑輿論，以免整個政局動盪不寧。「振紀綱」當然是要隆慶拿出魄力，做個有決斷力、有實權的皇帝。「重詔令」則希望隆慶重視奏疏，以增加行政效率。「覈名實」便是要隆慶重視官僚的考核，加強實效。「固邦本」乃自「民爲邦本」的立場著眼，要隆慶節省開支，少動土木，並嚴懲貪污，以施救百姓。「飭武備」很明白的是要隆慶注意邊防，尤其北邊的韃靼部落（瓦剌因分裂衰亂，早已向明朝款塞稱臣）。綜合起來說，前四點是論政本，後兩點則在談急務。而萬曆年間，張居正掌政時的施政大綱便是濫觴於此。

隆慶二年七月以後，李春芳繼徐階為首輔，內閣裡祇有春芳、陳以勤及張居正三人。然而春芳、以勤都是敦厚的人，《明史》說：「春芳恭慎，不以勢凌人；居政府持論平，不事操切，時人比之（嘉靖時之）李時；其才力不及也，而廉潔過之。」春芳本是潔身自好、不事高亢的閣臣，因此在任首輔時，也是務以安靜為主。而陳以勤則以端謹自許；祇有居正比較高亢，有些恃才傲物，輕視他人。李春芳在徐階去後，感到辦事不易，人言嘖嘖，不覺嘆道：「以徐公之賢，都還以人言而去，我還能久在嗎？不如早點乞身而退！」居正在旁，衝口而出說：「祇有這樣，才可保全令名！」春芳為之愕然，頗覺羞憤，便上疏乞休，但沒有獲准。事實上，張居正對李、陳二人是有些輕視，畢竟在見識、籌畫上，他們兩人都不如徐階、高拱。

由於李春芳、陳以勤沒有大才幹，因此在內閣中，一切便由張居正來主宰。這年十月，遼王憲㸅終於被廢為庶人。這自然是張居正報復的結果，然而憲㸅並非無過得罪，他揮霍無度，胡作非為。嘉靖年間因奉道而得世宗寵愛，獲賜號「清微忠教真人」，並得頒一璽金印。但到隆慶元年，御史陳省彈劾遼王諸類不法的行止，隆慶下詔奪眞人賜號及金印。第二年，巡按御史郜光先又彈劾他十三大罪，朝廷命刑部侍郎洪朝選前往勘驗，具體地將憲㸅淫酗暴虐、僭擬不法的事予以揭發，隆慶本來認爲憲㸅罪該誅，但念是宗親故免死，廢爲庶人，禁錮終身。同時廢遼王國，所有遼府諸宗一概改屬楚王管轄，遼府事務由廣元王宗理。後人說張居正侵占遼府，其事實現在已經無法考察，然而既已由廣元王管理，似乎不太可能爲居正所有，所以此說，可能出於有意的陷害。

十二月，隆慶下詔限制勳戚莊田。明代諸王、公主、勳戚、大臣、內監、寺觀等，有乞賜莊田之例，其所乞賜的田地，表面上雖說是荒地，實際上就是民田。他們的占田與皇莊的兼併，方法上是同出一轍，而數量上實比皇莊厲害得多，雖經宣德以來的禁止，然禁不勝禁。皇帝雖三令五申禁止勳戚請民田，對於岳父、母弟等的請求卻未回絕；這些勳戚在地方上強占民田，恃勢欺弱，甚至毆民至死；張居正身家即身受勳戚的欺凌，又見百姓受此之害，有權力後對這些豪強加以壓抑，自是極合理的事。

從明朝建國到張居正的時代，中國最大的敵人一向是北方的韃靼、瓦剌。在太祖、成祖時代，對付的方略是絕漠遠征；後來武力不行，便改爲修築邊牆（就是現在所謂的萬里長城）。在邊牆沿邊設有九大軍鎮：就是遼東、薊州、宣府、大同、太原、延綏、固原、寧夏、甘州九個軍區，分設「總督薊遼、保定等處軍務」、「總督宣大山西等處軍務」、「總制陝西三邊軍務」、「總督甘肅等處軍務」等職，即所謂薊遼總督、宣大總督等。其中以薊遼、宣大尤爲重要，畢竟京師賴其拱衛。這四鎮之中，又以薊鎮最近京師，且爲皇陵要地所在；然而薊鎮因位居平緩之區，無險可守，故嘉靖二十七年，兵部建言在薊州築牆建台，設兵駐防，與京營互爲犄角，夾防京師守備獲准。然因薊鎮軍兵受宣大督撫調遣，因此作用無法發揮。嘉靖三十八年，兵部尚書楊博上疏指出：「今九邊，薊鎮爲重。」主張堅守，然並未得到具體重視。隆慶元年，徐階任用原爲兩廣總督的譚綸爲兵部左侍郎兼右僉都御史，總督薊遼保定軍務，召戚繼光爲京營神機營副將；次年五月，以戚繼光總理薊州、昌平、保定三鎮練兵事宜，總兵官以下悉受節制，此後京師的安全才得到確切的保障。

隆慶三年以後，京師未再戒嚴，直到萬曆末年依然；而隆慶以後國防的鞏固，實在不得不歸功於徐階、高拱、張居正的妥善規畫邊防軍務。譚綸在萬曆即位時入主兵部，戚繼光則鎮守薊州十六年，他們與張居正等的交情深厚，也得到內閣的重視，薊遼方面的情況從此安靜了些，本朝其他軍鎮官兵的戰績也開始好轉。

就在隆慶二年十一月，在宣府巡撫王遴鎮下，宣府總兵馬芳襲擊俺答於長水海子，再敗之於鞍子山。三年春正月，大同總兵趙岢又敗俺答於弘賜堡。另外在陝西、甘肅方面，總督陝西、延、寧、甘肅軍務的王崇古也屢次出擊河套部，且隆慶元年十月、三年四月，總兵雷龍出塞襲擊皆得到勝利。於是北方的情勢整個開始好轉穩定。

譚綸、戚繼光入駐薊遼不久，徐階去職，張居正便接替徐階的地位，給予他們協助，對兩人的構想也盡量促成。如戚繼光練三鎮士兵的事，由於計畫過大，在政治上、技術上都有許多不易解決的問題，因而未能實現，但是居正仍然批准了兩人的另一項建議，把他們在南方剿倭所訓練的部分子弟兵調至薊州，最初員額為三千人，以後擴充為二萬人。居正並把薊鎮境內的其他高級將領調往別鎮，以免遇事掣肘；譚綸又建議該區的文官不得干預軍事訓練，並且主張戚繼光在三年練兵期內，可以不受言官的批評；此議獲得隆慶的同意，並把言官對薊州防區的巡查限為每年一次。於是薊州練兵的計畫順利進行，受到優厚的財政支援以購買軍馬，製造火器及戰車。雖然這惹來其他軍區督撫的白眼，又產生一連串的矛盾：北兵與南兵的摩擦，軍職的繼承者與其他出身者的爭執，因循守舊和銳意革新的衝突等，但張居正都盡量加以紓解、維護。戚繼光鎮守薊鎮十六年當中，雖然沒有赫赫戰功，但是整個直隸從此安靜，實在功不可沒。自然這也是居正的功勞；李春芳、陳以勤不曉軍事，也不知如何展布，祇得把國防事務全權交給居正處理。

隆慶三年八月，穆宗命趙貞吉為禮部尚書兼文淵閣大學士，入閣參預機務。趙貞吉是四川內江人，與來自四川南充的陳以勤是同鄉，但是他是嘉靖十四年進士，所以不但李春芳與張居正是他的後輩，連嘉靖二十年的進士陳以勤也是晚輩。貞吉的入閣乃因為任隆慶的日講官，議論侃直，舉止得宜，得隆慶的注意而入閣的。他深諳王學，博學而有才幹，但是他入閣時已是六十開外的人了，內閣的同僚都是晚輩，故而一切舉措，難免帶些傲慢。他的個性本來就陽剛，容易動怒，因而與人常有摩擦；入閣後對朝臣甚至直喚其名，更引起別人的怨恨，連居正也覺得討厭。於是內閣形成了強烈的對比：李春芳、陳以勤的仁厚，趙貞吉的專橫，與張居正的冷靜。

不久，在這年的十二月，吏部尚書楊博因為議留屯鹽都御史龐尚鵬，未獲隆慶重視，謝病歸里，吏部出缺，隆慶復召高拱入內閣，兼署吏部全權。明代用人的大權全在吏部尚書；國防的大權在兵部手裡，因此吏兵兩部在六部中的地位特高；現在高拱立於內閣大學士及吏部尚書的地位，成了實質上的宰相，勢力猶勝當年，於是內閣風波又起。

高拱這一次入閣是出於內監的暗助，這使人想起徐階的去位是因爲內監的中傷。由於高拱受到孟沖、陳洪的援助，高拱入閣後便開始籠絡他們，司禮掌印太監滕祥去職，高拱不推舉早該預備的馮保而薦陳洪；以後陳洪又出缺，高拱推薦孟沖，再令馮保失望；於是馮保與高拱結下了大仇，成爲隆慶六年高拱失職的張本。

高拱雖然位居次輔，卻把首輔李春芳視爲無物，凡事全以己意出之，並且專向徐階尋仇，不但盡反徐階所爲，而且多方羅織徐階的罪狀，想如嚴嵩之於夏言，把徐階徹底除掉。由於徐階的二子與三子在鄉頗多不法，正好被高拱抓住把柄，便派以前在那裡做知府而與徐家有摩擦的蔡國熙爲監察官，前往勘察，把徐階的兩個兒子收押，判刑充軍，田產充公。在朝中，高拱又不斷嗾使御史，要他們加緊論奏徐階，一心要把徐階搞垮。

高拱入閣後的第二件事，就是對付言官。隆慶四年十月，以考察給事中、御史的名義，驅逐了一批徐階的門生故友，如御史王圻、大理少卿魏時亮、大理寺右寺丞耿定向、右僉都御史兼廣東巡撫吳時來等等，於是朝中的言官祇剩下兩股勢力：擁高拱及擁趙貞吉的。

由於高拱入閣後包辦用人及行政兩項大權，閣中最感威脅的是趙貞吉。本來趙貞吉已經對自己的老年入閣覺得不平，現在高拱又要來搶他的光彩，更爲發火；但是因資格的限制，他在內閣的排名才居第五，祇勝過張居正；以前的李春芳、陳以勤個性溫和，他可以壓倒，現在碰上難纏的高拱，而張居正又站在高拱一方，明爭暗鬥的場面實無法避免。隆慶四年正月左都御史王廷致仕，次月趙貞吉兼署都察院；兩人一管任免權，一管監察權，眞是旗鼓相當。從隆慶三年十二月高拱入閣，到四年十一月趙貞吉致仕爲止，內閣的暗潮迭起。

在這內閣交鋒之中，第一個退出場的是陳以勤。以勤自入閣以來，不依附任何人，以中立無黨而得到各方敬重。徐階去職，趙貞吉入閣，之後高拱又入閣，他看出趙、高二人的爭持，非己所能調解；且高拱是他裕邸的舊同事，貞吉是他同鄉，居正是他拔取的進士，不好偏袒一方，自度將不見容於這些人，便引疾求退，於隆慶四年七月離開北京回四川去了，時年六十。

經過隆慶四年十月的考察言官，高拱與趙貞吉的矛盾益形擴大。高拱欲除去與徐階有關係的言官，更想斥退趙貞吉的炮手，於是兩人彼此仇視達到高潮，然而畢竟高拱底下的人馬衆多，交互轟擊貞吉專橫、偏失，趙貞吉抵不住高拱的勢力，最後決定請退回籍安享餘年。於是在內閣裡，高拱沒有對手了。

高拱主持吏部爲明朝立下了一些規範：以前吏部當局，例不與外官交接來往，算是避嫌；到徐階任吏部侍郎時，才打破這種習慣，與其他官員晤談，諮詢邊境內地的情形，與吏治好壞、民生疾苦等；現在高拱到部，吩咐吏部司官，把一切官員的姓名籍貫造冊，同時備註經歷及才能高下。因此當國家需要各種人才時，按圖索驥便得，成爲萬曆初年吏治改觀的基本。他又認定國防的重要，便確定以後兵部侍郎出爲總督，總督入爲兵部尚書的規例。他認爲軍事行政，需要專門人才，所以對兵部司官不輕易加以調動，以後兵備道和邊疆督撫也常用兵部人員，這是他的睿識。

隆慶四年九月，因著韃靼一位失戀年輕人的投降，竟使歷史大起變化；發展到後來，韃靼終於臣服於明朝的封號之下，這是歷史上一大偶發性的事件，卻扭轉了歷史。俺答最心疼的孫子把漢那吉，因爲自己心愛的妾被祖父奪去償襖兒都司（因爲俺答奪了襖兒都司的妻子三娘子），於是他懷著憤恨，攜同大妻比吉及隨從阿力哥等十餘人，冒著風雪奔向長城，最後到達大同邊外，向大同巡撫方逢時請求入境。方逢時與宣大總督王崇古都認爲奇貨可居，因此由逢時派騎兵五百將他們迎入，並將把漢那吉當成中國的上賓。起初，接受把漢那吉的入境，祇是逢時與崇古的主張，並未向朝廷報告，後來這事傳到京師，張居正立即寫信給王崇古問事情的狀況；其後，經過居正、高拱與崇古、逢時信差的往還，與崇古、逢時在外建議接受納降，高拱與居正在內策動的結果，十月，封把漢那吉爲指揮使，阿力哥爲正千戶。

當時俺答正在攻掠西番，聞變急忙班師，用漢奸趙全的計謀，調子黃台吉（辛愛）、姪永邵卜及自己三路南下索討把漢那吉。張居正聞報，馳書給王崇古要他戒勵將士，堅壁清野，扼守險要以待；並且要他堅持原議，不要爲朝中反對的聲浪所左右。而方逢時派去的使者鮑崇德，也與俺答接觸，向他提議：祇要交出趙全這批漢奸，便將把漢那吉送還。俺答幾經考慮，終於答應。在十二月將趙全等人逮送至大同；方逢時隨即遣送把漢那吉歸境。把漢那吉戀戀不想走，崇古曉以大義，他才感泣發誓「不敢二中國」，攜妻回歸韃靼。

十二月底，王崇古將趙全、趙龍、李自馨、張文彥等一干叛徒押解入京，隆慶龍心大悅，在午門接受獻俘禮，隨即下令磔死趙全這批爲俺答設計侵略中國的漢奸，傳首九邊，以示炯戒。因著這次的成功，王崇古陞兵部尚書，方逢時陞兵部右侍郎，分任宣大總督、大同巡撫如故。兵部尙書劉體乾、兵部侍郎谷中虛、王遴也一概恩賞；連帶加恩內閣輔臣李春芳、高拱、張居正、殷士儋。趙貞吉此時已卸任，但因爲襄贊這次的大計有分，也一同加恩。

隆慶五年三月會試，張居正出任主考官，拔取了張元汴、鄧以讚、徐貞明、劉臺、傅應禎、吳中行、趙用賢等人爲進士，日後都與他有所牽扯。在這之前，居正曾在嘉靖三十二年爲同考官，那一年的進士如龐尙鵬、梁夢龍、陳瑞、曾省吾等，也都有所作爲。

該月會試後不久，明朝詔封俺答爲順義王。這次的封貢是經過一番曲折之後決定的。原來，俺答看到孫兒把漢那吉回到韃靼，與妻子伊克哈屯相繼落下了感激的眼淚，爲感謝中國恩遇寬厚，俺答遣使向王崇古報謝，且乞求封號，通商貢市，誓言永不犯邊。崇古要俺答邀各部落酋長一同乞請入貢通市，俺答照辦。不久，除了土蠻外，俺答、老把都、吉能、永邵卜諸部果然如約遣使十八人，持番書來；於是王崇古將此事上奏朝廷，請「議通貢市，休息邊民」，但是朝論紛紛，兵部也猶豫不決，獨有高拱與張居正竭力贊成。

張居正對此事尤其明斷，在《答王鑑川計貢市利害書》中，縱橫分析，深謀遠慮，他說通貢有五利：可以安寧邊境、節儉軍費、挾制諸番、招徠邊叛、分離韃靼。崇古得到居正的支持，持意更堅，便又上了《條列封貢便宜八事》，討論封號、官職、貢額、貢期、貢道、互市、撫賞費用、歸降等八大事項。隆慶看了崇古的奏章，下兵部討論，兵部討論不出結果，隆慶才下廷臣會議，經過正反的意見提出與高拱、張居正的堅持，終於在隆慶五年三月，同意封俺答爲順義王。四月，其他酋帥分別授都督同知、指揮使等不一而足；五月，俺答等親臨大同得勝堡地界受封；六月，俺答及老把都兒等貢馬五〇九匹，又執送趙全的餘黨十三人給中國。至九月，宣府、大同、山西（太原）的貢市開始，此後，俺答年老信佛，厭倦兵事，整個北方靜了下來，直至明亡。

對本朝的歷史來說，這是一次重大事件，而張居正在此次封貢互市爭論中，占了主要地位。這次決策的大功，當然應由高拱、王崇古和居正平分（方逢時在把漢那吉回去後，因丁憂回里，所以沒有參與此事）。然而，在居正眼裡，這次講和、封貢，祇是停戰而已，他仍不斷指示戚繼光修城堡、練精兵。

隆慶五年三月，兵部尙書劉體乾免職，高拱再起用楊博以吏部尙書銜，領兵部事。到五月，李春芳也致仕了。原因是春芳阻止高拱陷害徐階，高拱不悅，嗾使言官彈劾，春芳一再上疏請求致仕，隆慶也一再留他，最後禁不起言官的多次彈劾，終於批准。春芳從隆慶二年七月到五年五月，共做了二年十一個月的首輔。他一去，高拱便是首輔兼吏部尙書，用人、行政二權仍然一把抓，成了眞正的獨裁者。

隆慶五年的冬季，內閣風波又起，這次是發生在殷士儋身上。士儋是山東歷城人，和居正是同年進士，隆慶四年十一月倚仗內監陳洪的幫助入閣，因此便和高拱形成對立。高拱要提拔張四維入閣，偏偏御史郜永春彈劾四維，高拱私忖是士儋指使的，於是他的親信展開動員：御史趙應龍劾士儋由陳洪進用，不可以參國政。士儋正在答辯，高拱部下第一號炮手——都給事中韓楫出馬，先行揚言威脅，準備再彈劾。士儋忍耐不住，終於在「會揖」後爆發出來。

明朝慣例，每月初一、十五給事中須到內閣和大學士會見，大家作個揖，稱為「會揖」，原意是要雙方相互溝通。這一次會揖後，士儋突對韓楫說：「聽說先生對我不大滿意，不滿意倒無妨，可犯不著受人利用！」

「這成什麼體統！」高拱想不到身為大學士的殷士儋會在這種場合明白地影射他，於是氣憤地出言指責。

士儋更是火大，指著高拱罵：「驅逐陳閣老的是你，驅逐趙閣老的是你，驅逐李閣老的也是你；如今又為著要提拔張四維來驅逐我！好像首輔這位子永遠是你的似的！」說著擦起袖子，準備給高拱一頓拳頭。

張居正看不過去，覺得在閣堂之上如此這般，著實不好，正要為他們勸解，冷不防也被士儋痛罵了一場。

經過這一次的糾紛，殷士儋也不想繼續在內閣了，一再上疏請求致仕，終於在隆慶五年十一月，這位山東來的大學士悄然離開內閣。

士儋一去，內閣中祇剩高拱、張居正兩人。現在高拱開始將焦點集中到居正身上。由於居正一再維護徐階，謠言說居正收了徐階兒子三萬兩銀子，所以才盡力維護徐階。本來高拱已經對居正親近徐階而不悅，現在聽到這消息，便以一貫盛氣凌人的態度，當面譏諷居正，居正受不了冤屈，指天立誓；從此對高拱起了惡感。

隆慶六年四月，高拱推薦前禮部尚書高儀入閣，是月穆宗命高儀為文華殿大學士，入閣辦事。內閣裡由跋扈的首輔所主持；表面上，一切都很平靜、正常。

隆慶六年（一五七二年）五月的一天，早朝時隆慶突然站起來，走了幾步，嘴巴上下不斷歪動，卻說不出話來，顯然中風了。內監馮保在旁趕上扶住，居正也搶前去扶，在大臣誠惶誠恐當中，隆慶回宮；隨即召大學士高拱、張居正、高儀至乾清宮，隆慶斜倚在御榻上，皇后、皇貴妃都在，皇太子立在御榻左邊。三位大學士跪在御榻前面，穆宗已經困乏，由內監馮保宣詔：「朕即位嗣統方才六年，如今病重，行將不起，有負先帝付託。太子還小，一切付託卿等。要輔助皇嗣，遵守祖制，才對得起國家。」高拱、張居正滿含淚水，和正在嗚咽的高儀叩頭領旨，這時正是五月二十五日。次日穆宗逝世，得年才三十六歲。

穆宗逝世以後，政治上躍起一個新興勢力——馮保。馮保在世宗朝早已是司禮秉筆太監，掌握百官的章奏文書，並代世宗執筆，批答諭旨；隆慶即位時本該進陞司禮掌印太監（太監首領），奈何高拱阻撓，一直無法如願。從穆宗逝世到六月初十神宗即位，這十五天中，是馮保最活躍的時期。他驅逐司禮掌印太監孟沖，奪取他的位子，並開始應用他的勢力對付高拱。

從六月初十起到十六日止，這七天之中，整個朝廷陷於對峙狀態，暗潮洶湧。在政府機構方面，司禮監和內閣對立；在人方面，馮保與高拱對立。馮保的後盾是陳皇后、李貴妃（神宗生母），十歲的神宗當然和母親站在同一線上；高拱的後盾是六科給事中，和十三道監察御史。隨著神宗的即位，兩者的衝突也隨之展開。

隆慶六年六月初十，神宗翊鈞在幾番勸進後嗣位。神宗一即位，中旨——皇上的手諭——立即頒到內閣，其中一條便是引用隆慶遺詔，授馮保爲司禮掌印太監。高拱知道這是馮保矯詔的結果，對傳旨的太監罵說：「中旨是誰的旨意？皇上年齡那麼小！一切都是你們在搞鬼，遲早我要把你們轟出朝廷！」小內監回去，把話傳給馮保。接著高拱便指示六科給事中程文、十三道御史劉良弼等一齊砲轟馮保。不久，禮科都給事中陸樹德也上疏說：「先帝才剛崩殂，就傳出馮保掌管司禮監；若果這是先帝的意思，何以不在這之前數日下達，卻在彌留後才宣示？若果是陛下的意思，則哀痛正深，無暇料理萬機，哪裡還能顧及中官職位的更替？」

吏部都給事中雒遵見神宗坐朝的時候，馮保站在御座旁邊，不成體統，也提出彈劾：「馮保祇是一個侍從的奴僕，竟敢立居天子寶座之側，文武百官是拜天子呢？還是拜中官？他竟敢欺侮陛下年齡幼小，無禮至此！」

這時已是六月十五日，是神宗即位的第六日。這數日之間馮保也有他的布置。馮保在陳皇后、李貴妃面前數說高拱的不是，把高拱在隆慶逝世當日在內閣中痛哭所說的一句話：「十歲的太子，怎樣治天下啊！」改成「十歲的孩子，怎麼做皇帝！」又說在高拱眼裡，天子不過是無知的小孩，太后不過是婦道人家，弄得兩位太后極爲震怒，連十歲的皇帝聽了，也不覺爲之變色。馮保又造謠說高拱曾經提到要廢太子，迎立周王。這下子可激怒了兩宮，於是在十五日晚上，便決定罷黜高拱。

六月十六日一大早天還未亮，神宗召集大臣到皇極門。馮保傳兩位太后及皇帝的諭旨，諭旨一宣讀完畢，跪在前列的高拱不禁神色大變，他已經被褫去官銜職位，並被勒令即日出京，不許停留，遣返原籍。按照慣例，他從此就在原籍地方官的監視下，終身不得離境。明朝大臣解職回里，本有由驛站供給車馬人夫之例（即給驛），然而高拱這次免職，限定即刻回籍不許逗留，驛站的車馬更說不上，祇得自僱車馬，有人說是乘牛車出北京，有的說是騾車，押行的兵役還在後面一路催趕，眞是百般淒涼。居正在這次政變前後，因事未在北京，六月十九日入見，為高拱請求給驛，得到恩准，才免去他道途的困頓。

高拱是失敗了！他的後盾是外廷，馮保的後盾是深宮；高拱祇能主使言官，直攻馮保的罪惡，馮保卻能攛掇后妃，懷疑高拱的忠誠。高拱這一次失敗，給居正一個很大的教訓，日後居正當國，對於奉承後宮和聯絡內監兩件事，都花費不少工夫。

本來在這次大變中，內閣有高拱、張居正、高儀三人，然高儀自入閣時便抱病，其後一直未癒，居正則因為受命到大峪嶺視察隆慶葬地，過於辛勞，又受暑氣之侵，故而請假休養，所以十六日皇極門的早朝，他沒有參與；十九日回閣時，高拱已經去職；中間是否馮保與張居正有所交接，情況已經難以證實。但是居正或許對此事採取默許的態度。這次政變，張居正可說是最大的收穫者。

隆慶六年六月十九日，是張居正一生最重要的日子，這天他本來告假在家，忽然內監傳奉聖旨，召居正入朝；居正入朝之後，經萬曆（神宗）授權，成爲內閣首輔，開始了他爾後十年的首輔生涯。於是他終於達成了他十三歲在詩中透露的志願：「鳳毛叢勁節，只上盡頭竿。」

四、中天

隆慶六年六月十九日，張居正入內閣直廬（辦公室）辦事，成爲明有史以來的第二十六位首輔，這時距離他中式入朝爲官二十六年；明朝建立殿閣大學士至此適一百九十年（一三八二～一五七二年）。

張居正頂替高拱，是突發政變的結果，他的晉陞首輔，標示了一個新的十年開始；不管對他本人或對明帝國而言，都是一個新的里程碑；從此，他由內閣閣僚，變成明朝有史以來最有權力的首輔，內閣的威勢在他任上達於頂點。

這次行政首長的撤換，對於政策的影響並不大，一切祇是人事變動而已。高拱兼任吏部時立下的規範，他照樣予以施行；高拱用的將領如張學顏等，也受居正重用。總之，張居正純是從國家的利害著眼。其實居正與高拱是頗相似的，高拱是位強幹的大臣，自兼吏部尙書，上午到內閣，下午到吏部，案上沒有一件積案。居正不兼部務，但是對於內閣和六部的事情，沒有一件不曾察照；他的精明，正抵得上高拱的強幹。高拱對同僚，不免傲岸，居正則稍微謙抑；高拱對政敵，有仇必報，居正則稍知容忍，甚至量材錄用。在應付宮廷和太監方面，居正比高拱高明得多，他知道敷衍和遷就，知道走旁門，然而他永遠認清政治目標，宮廷和內監對於實際的政治，沒有過問的餘地。高拱提高內閣地位的目標，在居正手裡完成，而居正之所以沒有遇到高拱所遇到的挫折，就在高拱不知權變，而居正能活用時機與善於調處局勢。事實上，高拱和張居正，甚至徐階，都是同一類型的人物，都是有見識、敢擔當的官員，祇是因爲環境的差異，而有不同的表現罷了。

張居正在奉命入閣辦事後，有《謝召見疏》給萬曆，揭示了他爲政的方針：「爲祖宗謹守成憲，不敢以臆見紛更；爲國家愛養人才，不敢以私意用舍。」從政治改革立場來講，「謹守成憲」是張居正與北宋王安石不同的地方；安石比較趨近理想，而張居正卻是重視現實環境的大臣。張居正日後的改革，大半祇是針對太祖及歷來皇帝所制定的成憲之中，已被忽略及破壞的部分，再加以重申或整理，配合實際狀況執行。而「愛養人才」更是他十年主政的最大功績，使得人才的職才相稱，抱負得以施展，蔚爲中興盛世。高拱掌政之時，對於異己一概排斥，這一份偏私，居正自然也有，然而他卻也從高拱那裡得了一個會用才的榜樣。

張居正既爲首輔，於是在人事上，重有一番布置。高拱所遺下的吏部尚書缺，居正請以吏部尚書領兵部事的楊博接任；而楊博遺下的兵部尚書缺，在與楊博商定之餘，選前爲薊遼總督，現爲右都御史兼兵部左侍郎，協理戎政的譚綸爲兵部尚書。

居正的同僚，次輔高儀在隆慶六年六月二十三日病死，於是內閣有了變化。高儀是個性情文靜、清心寡欲的人，居家除妻子外，沒有媵妾；家裡的房子被火燒毀，也無力重建，大半生都假人家居室住；死時，竟無錢治喪，清廉著實可風。他一死，內閣祇剩張居正一人，照例應補大學士；明朝的中樞頗似二元制：吏部的職權與內閣的勢力不相上下。當時的慣例，吏部尚書在路上遇到大學士，照例不避道，其地位可知。然而由吏部尚書入閣爲大學士的，除皇上的特旨外，例子不多；而在推舉大學士時，通常是推禮部尚書或侍郎、吏部侍郎，或是翰林學士晉陞。因此，楊博便無法入閣，祇得推舉禮部尚書呂調陽，兼文淵閣大學士入內閣參與機務。而禮部尚書缺由嘉靖年間稱病不拜，致仕在家，以聲望隆重著稱的陸樹聲接管。

七月間，戶部尚書張守直、刑部尚書馬自強致仕，居正補以王國光、王之誥。國光原以戶部尚書總督倉場（國庫），現在調回本部，後來在任內完成《萬曆會計錄》，是研究明代中葉民生經濟的重要資料。而之誥則是居正的親家（居正第四子簡修娶了之誥的女兒），但是他在隆慶三年總督陝西三年軍務，進南京兵部尚書，資望已夠；而且他卓然自守，並不附和居正，因此更得普遍的敬重。此外，工部尙書朱衡在河工方面的成績，以及左都御史葛守禮的操守，也都是當時衆望所歸，以是得到留任。

大政方針既經確立，中樞人選也告選定，居正開始施展他的抱負。而在這起頭之時，他還應付李太后、馮保、萬曆三人。

萬曆登極之初，就以他高貴的儀表給了臣僚們深刻的印象。他的聲音發自丹田，深沈有力，並且餘音裊裊；從各種跡象看來，他確實是一個早熟的君主。隆慶二年他被立爲皇太子時才六歲；但他在五歲時就能讀書，按照西洋算法，那時還不足四歲。他是個孝順的孩子，得到陳皇后及生母李貴妃的疼愛，經由對萬曆的共同愛護，兩宮的感情竟是極爲融洽。萬曆一即位，便做了一件大快人心的事：爲建文四年（一四〇二年）「靖難」而死的大臣們，建祠堂於戶籍所在地，以彰顯忠勇氣節；固然這是出於居正及高拱（時高拱仍在內閣）的建議，但卻也可看出他的聰慧。

萬曆即位後不久，便召張居正到宮裡，請他爲皇太后及李貴妃加徽號。本朝的制度，衹有正宮皇太后可加徽號，其他嬪妃即使是皇帝的生母，也衹能得到「太妃」的封號，而不得稱「太后」；憲宗時，曾爲自己生母力爭，所得也衹是個光禿禿的太后，比不得皇太后可以在太后之上還另有徽號。居正爲了遷就萬曆生母，幾經思慮，終於在七月，加陳皇后爲仁聖皇太后，皇貴妃李氏爲慈聖皇太后；仁聖、慈聖，銖兩悉稱，做到了並尊無異的地步，無形中李貴妃的地位是被大大提高了。而在居正主政的十年裡，他也一再稱頌李太后，在他的文集裡充滿了像《祝聖母詩》、《恭頌母德詩》、《白燕白蓮頌》、《神母授圖萬年永賴頌》、《聖母圖贊》等一類的詩文，用意都是爲了博得皇太后們的好感。李太后是個虔誠的佛教徒，好做功德，在建橋修廟時，居正也都有文章，讚揚推崇自是題中必然的內容。凡此都可見居正的苦心。

張居正對於馮保自然也要拉攏；然而若說居正對李太后是順水推舟，那麼他對馮保則是築堤防洪。馮保對於慈聖太后有其影響力，他的大權也來自慈聖太后，所以居正尤其不能不結好李太后，當然他也必須與馮保結交，以鞏固政權。正因爲在李太后方面，他得到信任，也由於與馮保的相得，在他執政的年代裡，內閣與司禮監沒有任何衝突。儘管馮保偶有越軌的舉動，然而與王振、劉瑾比起來，他堪稱忠謹；祇要馮保不干政，居正在其他方面都可以通融。馮保要預修生壙（墓穴），居正有《馮公壽藏記》，稱以「仁智忠遠」；馮保要在家鄉建坊，居正甚至吩咐保定巡撫孫丕揚代建；他祇期望馮保自尋樂趣，不插手政治。

除了身爲政府的首揆之外，張居正又兼管萬曆的教育事務。小皇帝的五個主講經史、兩個教書法的老師及一個侍讀，都是他一手任命的。萬曆貴為皇帝，除兩位皇太后之外，他所需要尊敬的人只有兩個：一個是張居正，另外一個是「大伴」馮保。這種觀念，不消說是李太后教的。

張居正似乎永遠是智慧的象徵。他眉目軒朗，長鬚垂胸，而且注意裝束，袍服每天都像嶄新的一樣褶痕分明。他的心智完全和儀表相稱，不開口則已，一開口就能揭出事情的要害，言辭簡短準確，使人無可置疑，頗合於中國古語所謂「夫人不言，言必有中」的典型。萬曆在他的安排下，開始正式學習課程，這也是李太后所寄望張居正甚殷的問題之一，在這方面，張居正倒也用了一番心力。

明代皇帝的教育，一種是經筵，一種是日講。用現代的說法，前者是固定講座，後者是普通課程。經筵極為隆重，每月逢二的日期舉行。照例盛暑和嚴寒的時候得停止經筵，用現代術語，就是放寒暑假。舉行經筵的時候，勳臣、大學士、六部尚書、左右都御史、翰林學士等都須到齊，由翰林院春坊等官及國子監祭酒進講經史。經筵舉行的時候在一般早朝之後，皇帝在文華殿面南而坐，傳諭百官，行禮如儀，再由鴻臚寺卿將書案一張擺在御座之前，專供聖鑑；另一張擺設在數步之外，為講官所用。參加聽講的官員則分列書案左右。講官執講時有展書官在旁幫忙翻書，左列講官講完

《四書》後退出，由右列講官及展書官出講歷史。在講官執講時，朝臣須凝神靜聽，即皇帝亦不能例外。經筵的典禮隆重，歷來皇帝均加以重視，即使大有離經叛道意味的武宗正德皇帝，也不敢自動放假。當然神宗也不能例外，萬曆元年規定，以後每年春講三月十二日起至五月初二日止；秋講八月十二日起至十月初二日止。簡單地說，就是上學期九講，下學期九講，都有固定日期。

神宗的經筵，雖自萬曆元年二月起，但是隆慶六年八月間，日講就已開始。日講在文華殿舉行，不用侍衛、侍儀、執事等官，祇用講讀官、內閣學士侍班。十歲的皇帝每天的功課內容有三大項：經書、書法、歷史。學習完經書以後，授課老師在休息室小憩；皇帝則必須在這休息時間內覽閱當天臣僚上奏的本章；這些本章已經由首輔等看過，用墨筆作了「票擬」。在馮保和其他內監的協助下，神宗用朱筆作出批示。閱完本章，下一節課是寫書法，下課休息後第三節是歷史課，先講《通鑑節要》，講完這本教材後，接講《貞觀政要》。上午功課完畢，下午的時間，神宗可以自由應用，不過他被囑咐要複習功課；練習書法、默記經史。每天上課從日出開始，除非大寒大暑，或狂風暴雨，否則不准曉課。另外每月逢三、六、九的視朝之日，暫免講讀。居正對於教材也花了很多功夫，隆慶六年十二月，居正進《歷代帝鑑圖說》，這是一套圖文對照的故事書，對於十歲的小皇帝來說，不能不說是富有教育意義的書。居正除了排課表、選教材外，自己也常親自指導神宗，事實上，居正對神宗付出了極大的精力。所幸李太后是個盡責的母親，居正對神宗的教育得到李太后的配合。

在神宗大婚以前，李太后因爲神宗年幼，陪著兒子住在乾清宮。平時她督責很嚴，在講官們講書放學後，神宗回到宮中，李太后便命他當面解釋，若講不出來，皇帝就會受到長跪的處罰，有時竟長達幾個小時。每月逢三、六、九的日子，天還未亮，五更鼓一起，李太后便把孩子從睡夢中叫起，命宮娥給他洗過臉，便催促著神宗坐上肩輿赴早朝。而馮保也幫助居正；由於馮保在萬曆還是皇子時，便是他的玩伴，現在升爲司禮監的領袖，爲了對太后負責，經常向李太后報告宮內外，包括皇帝本人的各種情況，太后因此對神宗的動靜十分清楚。在神宗幼小的心靈裡，對太后、居正、馮保充滿敬畏，然太后畢竟是他的母親，萬曆對她只有尊重，而馮保、張居正在他長大後的想法裡是大欺小；但在初即位的這孩子心靈裡，他們都是長輩，他只得言聽計從。

隆慶六年九月，居正奉命葬穆宗於昭陵，他曾特地到大峪嶺周視山川形勢。隆慶現在是入土了，留下一個有病的帝國，張居正開始按照他十九年前的藥方，對症下藥。

張居正的個性果決，他的政治風範是：「願以深心奉塵剎，不於自身求利益」，凡事以國家利害爲依準；爲了貫徹他的理想，他「不復計身爲己有」。他對於政治的態度是勇往直前，沒有放棄、後退與畏縮；這是他爲政成功的基本要素，但卻也是引起爭議的源頭。

首先，張居正從提升中樞的威望著手。他認定嘉靖年間的廢弛，與隆慶年間的混亂，癥結在於綱紀不振，中央的權威沒有確立，於是便從整飭綱紀入手。對本朝而言，整飭綱紀的辦法是京察，京察是澄清吏治、端肅政局最佳的武器。在隆慶六年七月間，張居正奏請舉行京察，五品以下的官員由吏部、都察院會同考核；四品以上的大員責令自陳（自我檢討）。這次的京察，對於不安分的言官確實是個下馬威；但對於所謂「某人是高拱餘黨，不可留；或某人爲高拱所進，不宜任用」這種論調，則不予採納。張居正所求大約是「能辦國家事，有禮於君者」，盡量唯才是任。他自然無法完全做到無偏無黨，以致引來批評，然而張居正所用的人，可以說得上稱職。

張居正爲政的宗旨是打破個人毀譽、得失，因此他不在乎一般的批評；對於別人不瞭解且攻擊自己的做法，他也不予置評。他從徐階身上學得的忍耐，便在執政後表現出來；如同徐階忍耐著應付貌合神離的同僚般，他也忍耐著應付千頭萬緒的政局。張居正最大的希望是「富國強兵」，他不顧一群理學家的反對與批評，向他的目標邁進。有人說他行霸道，不行王政，在居正看來，這群人不是食古不化，就是不解眞義，他說：「王霸之辨，義理之間，在心不在跡，愛必仁義之爲王，富強之爲霸？」有時這些人談到宋朝程周張朱四大家的主張，居正便不客氣地說：「宋時姦臣賣國之餘習，老儒臭腐之餘談」。事實上，張居正對宋代士大夫的褊狹一向嗤之以鼻。他不尙空言理論，對王政與霸政的分辨也不感興趣，他的志願是挽救一個委靡而動亂的國家。

居正開始當政的時候，四川有都掌蠻之叛，廣西有獞族之叛，廣東有海盜、倭寇；而東北的局勢更不平靜。居正認爲北方的變化直接關係明帝國的安危，乃優先注意。隆慶六年十月，分派大臣巡察九大軍區的防務：兵部左侍郎汪道昆巡視薊州、遼東兩區；兵部右侍郎吳百朋巡視宣府、大同、太原三鎭；兵部侍郎協理京營戎政王遴巡視延綏、寧夏、固原、甘州四鎭。這三位侍郎都是居正嘉靖二十六年的同袍，但在這次的閱視行動中，他們的意見卻發生了衝突。

薊遼二鎭是張居正關注的重點所在，薊遼總督劉應節、遼東巡撫張學顏，以及遼東總兵李成梁、薊州總兵戚繼光，都是一時之選，也得到他的信任；汪道昆自知無法損益，所以按例行公事，議兵額糧餉、議增設墩台，對於奸民的盤據海島，也僅議緝捕而已，並未有大衝突；倒是居正與王遴出現了裂痕。

王遴和居正本不十分融洽，到陝甘四邊巡視是王遴自請前往的；到邊巡視完畢後，即告病還鄉，想來對居正必有不滿。

吳百朋到宣大、山西三鎮之後，就事論事，分別針對糧餉、險隘、兵馬、器械、屯田、鹽法、番馬、逆黨八事考核邊臣。他對宣大總督王崇古、宣府巡撫吳兌，以及山西總兵郭琥以下文臣武將，都分別指出功過，奏請陞黜。又進呈邊境地圖，舉凡關塞險隘、番族部落、兵馬強弱、亭障遠近等，都瞭若指掌。同時他對大同總兵馬芳，也提出彈劾，他認爲馬芳行賄，非嚴加懲處不可。明代的軍隊，從下層到上層，層層剝削原是一種普遍現象，總兵官把剝削所得軍餉，分潤京官如科道、兵部，本來就極平常。之所以會有這種情形，乃是因爲武人地位低落，武人若想在事功上有所表現，必藉文人的維護才能成功；且總兵官（地位在今日有如上將）到兵部領取公文，要長跪有如奴才，於是文官恃勢而驕，武官只有以金銀討好。吳百朋彈劾馬芳固然沒錯，但張居正認爲這絕非馬芳個人的錯。他知道馬芳是個將才，對於百朋的彈劾難免有些遲疑；然而居正卻禁不住言官的攻擊——指責他包庇馬芳；終於馬芳遭到免職。他對於同僚不能體諒他的想法，有些難過，但是他對九邊重鎮的督撫將才，始終給予支持。

隆慶六年過完，第二年改元萬曆元年（一五七三年）。在過去的一個世紀，每逢正月十五上元佳節，各宮院都有鰲山煙火和新樣宮燈，輝煌如同白晝。然而在同年，在張居正的節流政策下，這一鋪張浪費的節目被禁止了。

和以前的各個朝代相比，明朝的宮廷開支特別浩大。紫禁城占地有四分之三方哩，各個宮殿上蓋琉璃瓦，前後左右有無數的朱門和迴廊；宮殿下面的台階都用漢白玉石砌築，眞是極盡豪華。皇城環繞紫禁城，占有三方哩有餘。皇城內有馳道和人工開鑿的湖泊，以備馳馬划船和其他遊覽之用。建築物除去皇家別墅之外，還有寺院、高級宦官住宅。爲皇室服務的機構，例如烤餅坊、造酒坊、甜食坊、兵冑坊、馬房以至印書藏書的廠庫，也都集中在這裡，使皇家所需的百物，都不必假手於外。各個廠庫、寺廟、坊舍均由專任的宦官掌握，共有二十四個機構，習稱二十四監。到萬曆初年，宦官的總數已逾兩萬，而且還在不斷地膨脹。宮女的數字，至少也三千以上。爲這些人死亡所準備的棺木，有一次竟達兩千口之多。皇城的開支既已浩繁，宦官又從中牟利；於是張居正在馮保的配合下，乘機大批撤換了管理倉庫的宦官，並嚴格禁止宦官向國家正規的機構與官員需索「鋪墊費」。

居正對於節約，眞是做到了「錙銖必較」。萬曆曾想爲他母親修理、裝潢宮室以表示孝思，張居正認爲各宮院已經十分富麗完美，毋須再加修飾。他又針對萬曆關心宮內婦女喜歡珠玉寶玩一事，指出爲人主者，應當隨時注意天下臣民的衣食，至於珠玉玩好，飢不能食，寒不能衣，不值得陛下親垂關注。居正希望皇家能盡量節約，節約的要求甚而支配到皇上的御廚頭上。而在邊費與對外夷的撫賞上，他也精打細算，不敢浪費。這是居正富國政策的一部分。

萬曆元年正月，北京皇城裡發生了「王大臣案」。所謂「王大臣案」其實很簡單，就是有一個閒雜分子私闖大內，在乾清宮被衛隊逮捕；經過審訊，此人供稱叫王大臣，以前在別人家裡充當僕役。由於馮保決定借用王大臣作爲將高拱置於死地的工具，於是馮保就將兩把短刀放在王大臣衣服內，要他招認是受高拱派遣，前來謀害當今皇帝的。本朝自嘉靖以來，任首輔的下場都不好，其中除李春芳外，非死就是被禁錮於鄉里；朝臣認定這次是張居正以傳統手段對付高拱，於是吏部尚書楊博、左都御史葛守禮相偕走訪居正，爲高拱申辯；居正不高興地說：「兩位先生認爲我會因謀害高拱而歡心？」楊博說：「我們不是這番意思！祇是認爲除了先生之外，沒有人能救高拱！」事實上，他對高拱有所不滿，但沒有置之於死地的意思；祇是因爲不想公然與馮保敵對，睜隻眼閉隻眼罷了。最後在錦衣衛都督朱希孝、左都御史葛守禮的堅持下，馮保的目的沒有達成；祇判了王大臣死刑，未株連高拱身家。

萬曆元年四月，廣東的海盜在兩廣總督殷正茂的追擊下，潮州、惠州、瓊州等地的倭寇如林道乾、林鳳等被擊退，此後他們南下南洋，造成了當地的禍患。殷正茂是居正的同年進士，在隆慶五年八月，由高拱、居正兩人商定而總督兩廣，這次追剿成功，居正自也有一份光榮。

這年五月，居正擬旨請內外官重視刑獄，這也是張居正受人議論的地方，他被批評爲「濫刑重殺」。但他有他的一套看法，他認爲「稂莠不去，反害嘉禾；凶惡不去，反害善良」；對於春秋時鄭國子產的名言：「火的威焰，人人看到都怕，所以燒死的人不多；水性柔弱，人人都覺得可愛可近，偏偏死在水中的人多。」他是深予贊同的。他曾說：「使吾爲劊子手，吾亦不難法場而證菩提。」又說：「盜者必獲，獲而必誅，則人自不敢爲非矣。」充分表現出他主張嚴法爲治，不主寬大縱容的政治認識。《明史》說他當國時，「大辟（死罪）之刑，歲有定額」，又稱「居正法嚴，決囚不如額者罪」，可能過於誇大；然而地方官奉行過甚，導致冤獄應該也是實情。

九月，四川都掌蠻（盤據在宜賓到合江一線的南方，直到四川與滇黔邊界一帶）的亂事，在四川巡撫曾省吾主持，總兵劉顯統兵進剿之後，終於平定。而在這一年，廣西巡撫郭應聘也平定了廣西獞民的叛變。這一切都是居正愼選將才，重視軍政的結果。

萬曆元年十月，神宗詔令諸官衙門建立程限文簿（就是公文檔案，上面註明應執行限期），以防止公事稽緩。這是張居正上疏請求隨時考成（考核是否完成公事）的結果。居正的考成法，是超出內閣權限的一項立法，這是他遭到反對勢力攻擊最力的地方；他死後，考成法立即受到廢止。他知道政務的辦不通，不是機構的缺乏，所以他不主張增加政治機構以疊床架屋，他只要衙門給他一個切實的交代。他發明了一個辦法：在各門分置三本簿冊，一本記載一切公文的發文、收文章程，是爲底冊；在這許多項目中，把例行公事無須查考的一概剔除；一本送各科司道衙門備註，實行一項則註銷一項，如有積欠尚未執行的，即由該科主管具奏等候懲處；另一本則送內閣，交居正過目。如此一來，辦事的效率大爲提高，卻使得奉行不便的官員們大爲反感。張居正十年的大政，便得力於這些冊子。經由這些冊子，他以六科控制了六部，再以自己控制六科，達到空前所無的地位。

明朝自從明太祖死後，《太祖寶訓》所暗含的牽制理論，得到每個後代皇帝的重視，也確實予以執行。本朝的大官雖然可以統領小官，但是小官同樣可以牽制大官，這是本朝一貫的立法精神。中央有吏戶禮兵刑工六部尙書、左右侍郎便有吏戶禮兵刑工六科都給事中、左右給事中、給事中，來加以監督、建言；甚至在會推內閣大學士、吏兵二部尙書、在外總督總兵的場合上，六科都給事中也居重要角色。現在，張居正以六科控制六部，雖是重申明朝的祖制；但是以內閣首輔控制六科，卻是違反了祖制防範一人專權的本意。內閣本來祇是皇帝的祕書處，根本談不上監督外官，實施考成法之後，內閣的實權大爲提升，達到空前絕後的地步。這是不合法的法令，但卻是一個良法：居正由此而達成了他的目標，使得國富兵強。

張居正的富國政策，除了節省皇室支出的辦法外，整理賦稅更重要。他的做法是透過考成法，實收糧賦，停止減免，以對付大地主，增加國家歲收。就此而言，考成法確實發揮了很大的功能。

本朝稅收到了中葉後，一向無法足額徵到；本來明初造《魚鱗圖冊》與《賦役黃冊》，是維持賦役的基本工具；《黃冊》原規定十年訂正一次，但訂正改造的權力操於州縣督造圖冊的吏胥與里甲長手裡，豪猾奸民常與吏胥、里甲長相勾結，將圖冊洗抹改竄以逃避賦役，甚至田畝與丁口、戶則上下，皆與事實相差極遠。年歲一久，

《黃冊》的改造形同虛文，甚至有關部門私自徵編稅役資料成為一冊，號稱《白冊》；於是前此賴以維繫規制的基本工具，歸於無用。爾後強橫的糧長或將一己所應繳納的稅，令管區內民眾分攤，倚公挾私任意逼迫；或則避強欺弱，「豪富不肯加耗，則將耗折之數，並徵之於佃戶」；而孱弱的糧長，或為豪強所欺，或為官府所迫，祇好變賣田產賠繳租稅。這種豪強逃稅的現象尤其在江南一帶最為嚴重；他們根據多年的經驗，知道一個縣官無法長期和成百成千、以拖拉方式拒不納糧的戶主抗衡，舊稅未清而新一年的稅又須催收，官方祇好用種種名義把未收的部分減免，其後果等於鼓勵拖欠而拒不納稅。縣官對欠稅的戶主沒有辦法，只好拘押一些人在衙門前拷打，以為其他欠稅者戒。然而這批豪戶還是會鑽營，他們賄賂衙役，雇傭一批乞丐代他們挨打，稱為「倩人代杖」。

江南向稱魚米之鄉，卻是此種敗風盛行的地區。張居正自然也深知此中積弊，所以他給別人的一封信裡，說蘇州以賴糧著名，「其鄉人最無賴」，此地可稱為「鬼國」。隆慶三年時，海瑞任應天巡撫，掌管江蘇、安徽大政，對於這些大戶立意加以摧抑，希望能使佃戶、貧農情況好過些，但第二年便被彈劾「魚肉縉紳，估名亂政」而落職，可見地方勢力之大，已達於交結京官以自固的地步。張居正知道這批地方大戶的厲害，他不用徒滋紛擾的政策，他用考成法打擊地主，不准減免，不准拖欠，要地方官確實如額徵收，於是這批豪強開始知道今非昔比。

在中央，居正也擬旨請萬曆下詔：隆慶元年前的積欠，一概豁免；隆慶四年前的積欠，減免十分之三；換句話說，隆慶五年以後的積欠，一概追繳，同時追繳前三年的七成積欠。自考成法施行後，規定徵賦不足額的，巡撫和巡按御史聽候糾懲；府州縣官聽候降調，於是徵稅不再徵不足了。國庫也不再出現類似隆慶五年，因稅收不滿八成，而發不出薪俸的情形了。

萬曆元年，戶部尚書王國光配合張居正的政策，上奏主張由地方當局整理田賦收入，除去規定截留的地方公帑外，所餘一概呈報中央，再由戶部統籌應用；張居正自然答應。居正自言：「考成一事，行之數年，自可不加賦而上用足」，著實沒有誇張；經過嘉靖、隆慶兩年的軍事及其他的虛耗後，從萬曆即位，到張居正死時，國家號稱富庶，不能不歸功於他的籌畫。

這年九月，吏部尚書楊博因病重致仕，不久逝世。遺缺在本朝來說，須經朝臣共同推舉；當時最有聲望的是左都御史葛守禮及工部尚書朱衡；但張居正卻簡定南京工部尚書張瀚接任，引起一般人的不滿。張瀚在張居正的破格提拔下身居要職，此後在任內也唯文淵閣的指示是聽，因此更引人非議；然而居正為了政策的貫徹，他當然選像張瀚這樣「清貞簡靖」的大臣。然而禮部尚書陸樹聲甚不悅，在居正一再挽留後，仍堅持致仕；遺缺由樹聲推薦的南京禮部侍郎萬士和接掌。

在穩定的局面中，張居正的政策開始邁進；這一年多的措施也慢慢發揮效用。萬曆二年的元宵節，北京城照樣一片平靜，居正節約的做法依舊。就在正月，十二歲的萬曆皇帝向吏部尚書張瀚、都察院左都御史葛守禮表示，要接見廉節有才能的官吏，當面嘉獎。張居正請禮部訂定《面獎廉能儀注》，以為程序進行的依據。不久，萬曆在紫禁城皇極門，召見浙江布政使謝鵬舉等二十五名賢吏，特加獎勵，各賜金幣。這是張居正命沈鯉、馬自強編輯進呈《帝鑑圖說》，要萬曆敬天法祖，勤政愛民。

四月，神宗又下詔內外官行久任的辦法。這也是張居正的主張，在隆慶二年他的《陳六事疏》上，已經有了端倪。在他看來，官員調動頻仍，在行政及人事上是一大浪費，政務更不易深熟體現。因此，他認為官員久任才是辦法：在任上久，政務自然熟悉，經驗也豐富；對於地方風俗民情也能深入瞭解，如此一來，行政事務推行起來較具效果。至於用捨進退，他說：「一以功實為準，毋徒眩於聲名，毋拘於資格，毋搖之以毀譽，毋雜之以愛憎，毋以一事概其平生，毋以一眚掩其大節。」他的辦法是：在京各衙門的副級官職（即佐貳官），「須量其才器之所宜者授之，平居則使之講究職業，贊佐長官。如長官有缺，即以佐貳代之，不必另索。」其屬官如有諳練典故，盡心職守的，九年任滿時，依高下陞職；九卿官衙的小堂官（科、職員）也不必更相調用。對於外官，張居正也是同樣的主張：「各處巡撫官，果於地方相宜，久者或就彼加秩，不必又遷他省。布按二司官（即布政使、按察使），如參議久者，即可陞參政，僉事久者，即可陞副使：不必互轉數易，以滋勞擾。如此則人有專職，事可責成，而人才亦不患其缺乏矣。」總而言之，張居正的想法是以職養才。萬曆初年，人才稱盛，吏治改善，與居正的這個做法是相關的。

這年十月，遼東總兵李成梁大敗建州部落；因著此次的軍事捷報，除李成梁進銜左都督外，薊遼督撫及內閣諸臣一體加恩，張居正具疏力辭；最後神宗親筆下諭，不強加官，但特賜坐蟒衣一襲，銀錢五十兩以示優容。

現代的東北邊境，喜峰口、宣化境外有朵顏部；錦州、義州、廣寧境外有泰寧部；瀋陽、鐵嶺、開原境外有福餘部，就是所謂的「大寧三部」；迤東還有建州部。名義上這些屬夷都服從於中國，實際上，泰寧部酋速把亥、炒花、朵顏部酋董狐狸、長昂，以及建州衛都指揮使王杲，都和韃靼土蠻汗相通，構成薊遼一帶的外患。居正對付的方法是打擊這些屬夷以削弱土蠻的力量，這次的進攻建州部，擊斬一千一百餘首，建州都指揮使王杲，以及努爾哈齊的祖父覺昌安、父親塔克世都在被殺之列，這是對付屬夷的第一次成功。

除了進擊計畫之外，張居正的防衛體系及戰略也頗精密。由於土蠻汗見俺答為其下屬，而竟受明之封為王，頗不快悅，因此也想挾持三部以要求封貢，戰事於是東移到薊遼，然而薊遼在防區上雖屬一體，但實際上是兩面獨立的情況，因為在薊鎮與遼東之間，是狹長的遼西走廊，在遼西走廊之西盤據著三部，隨時有被切斷的危險。現在三部又在土蠻汗的影響下，氣氛自然不同。張居正的防衛計畫是以楊博為薊遼總督時的主張為藍圖：固守長城，再以遼東、宣府、薊州三大防區互相配合，以薊州為防守線，由遼東、宣府夾攻土蠻及三部；對於薊州防守特別予以強化，更由於戚繼光的坐鎮，竟使得土蠻不敢南下，繼光的重要性由此可知。除了對三部夾擊，張居正也設法羈縻，他的方法是：「譬之於犬，搖尾則投之以骨；狂吠則擊之以箠，既箠而復服，則復投之；投而復吠則擊之。」採取軟硬兼施的辦法，威迫與利誘交互應用。

十二月，張居正進呈「職官書屏」給萬曆，擺設於文華殿。屏風上將兩京以及在外的文武官員，部院以下，知府以上，各官的姓名籍貫、出身資格分別寫明；整個屏風共有十五扇，中間三扇繪天下疆域圖；左邊六扇，列文官職名；右邊六扇，列武官職名；各爲浮貼，以便更換。每十日，由吏兵兩部將陞遷調動的官員軍將名單送交內閣，張居正再令人傳寫更換浮貼。這個屏風的目的，便在使萬曆瞭解吏治及邊防的大要，以及職官的人選等，一方面也可以對全國的用人行政瞭若指掌。

張居正曾經自稱「別無他長，但能耐煩」，雖說是句客套話，確是道出了他的優點。他不曾一曝十寒，然而他也不求一勞永逸；祇是一步一步，腳踏實地地做。居正認爲群盜有如春草，剷了再生，生了再剷；對於外族，認定如犬，乖順就給骨頭，亂吠就是一頓棒打；對於用人行政，他也仔細檢核；至於施行效果，也實在考量；各方面來說，他確是耐煩，而其當政的業績，或許也是基於此種性情。

萬曆三年上元佳節，依然談不上熱鬧，居正禁止元夕燈火的法令依然沒有解除。過了一月，張居正著手裁減南京官職，這是他節流政策的一環。明代自成祖立行都於北京後，實際上南京的官職祇是花瓶，因此實在不符合經濟效益，徒增浪費，然而又不能撤除；祇好在官職上加以減省。從嘉靖、隆慶年間著手裁革，至居正更大量汰減，以後又經九年的裁員，除了養望的官職及必需的屬員外，幾乎都已調整。

四月，萬曆這位小皇帝，在他自己的御案立了十二個座右銘，用來自我警惕，上面寫著：謹天戒、任賢能、親賢臣、遠嬖佞、明賞罰、謹出入、愼起居、節飲食、收放心、存敬畏、納忠言、節財用。不用說，這是出於張居正的旨意，他對培育這位小皇帝可謂極盡用心。

這年四、五月間，張居正上了《請飭學政疏》，這也是他的一大措施。有明在太祖初年，對學校教育極爲重視，除京師太學外，並令郡縣皆立學校，延師儒，授生徒，講論聖道；於是造成了「無地而不設之學，無人而不納之教，庠聲序音，重規疊矩，無間於下邑荒徼，山陬海涯」的盛況。然而師儒的地位，在明代並不特別尊重，國子監祭酒相當於現今國立大學校長的地位，此一官職在金爲正四品，在元爲從三品，到了明朝則降爲從四品；而且還出現祭酒被皇帝關禁壁於國子監三天的情形。雖然如此，政府對於學校生員的待遇卻頗佳，府學名額四十人，州學三十人，縣學二十人，都有全額獎學金，稱爲廩膳生員；名額本來有硬性規定，後來因爲增額，又有增廣生員、附學生員人數不一，這些生員，就是俗稱的秀才。

明太祖的《寶訓》裡對於生員曾有嚴格的防備；在教育政策上，爲訓練師生遵奉本朝政令，一方面在課程上加強當代誥律典制的講授，一方面並推行國子生在諸司先習吏事的歷事制度，並設提學官（即督學）督察學校，此外又限制私人議學，不許別建書院，禁止生員言天下利病等措施，都是為了恐怕士子訾議國政，以與時君相抗。此種箝制自由學術的政策，在初明時期，因為辦理尚稱認眞，所以還能表現一點成績；中明以後，朝廷的力量不如往昔，因此控制力弱，造成了白沙之學與陽明之學的異軍突起，私家書院取代官方學校而成為學術重心。由此而言，中央政府的權力便遭到了挑戰。

此外，生員在地方上的勢力極大，顧炎武便曾痛心地指出生員的四大禍害：「一曰亂政：生員常出入公門，武斷鄉曲，與胥吏夤緣，其或身為胥吏，官府一拂其意或加按治，則群起而鬨鬨，以殺士坑儒相誣謗。」「二曰困民：天下之病民者——鄉宦、生員、胥吏——是皆依法無雜泛之差，而差乃盡歸於小民。且生員一切考試科舉之費，皆派取之民，故病民尤甚於宦吏。」「三曰結門戶：生員之在天下，本不相識，一登科第則為師友同年，互相援引；書牘交於道路，請託遍於官府，其小者足以蠹政害民，而其大者至於立黨傾軋，取人主太阿之柄而顛倒之。」「四曰壞人才：生員不治經史有用之學，而專讀時文無益之書；故材壞天下之人才，而至於士不成士，官不成官，兵不成兵，將不成將。」張居正在顧炎武之前約一世紀便看出這層害處，因此他便以考成法來對付生員。

張居正的《請飭學政疏》大略而言，可分爲兩方面：一則爲對付私家書院，他重申《太祖寶訓》裡頭：不准私建書院、不准聚黨空談及批評時政的舊規，以強調中央的權威；另則在打擊生員這批「學霸」方面，他用裁減員額、嚴格考核等方法，來壓制生員的氣勢。並且他以考成法要撫按衙門對於違規者，確實加以捕拿，或取消生員資格。於是這批本來橫行鄉里、目無法紀的生員，開始噤若寒蟬，不敢妄發議論，更遑論威脅官府了。然而地方官爲了怕受到吏部、都察院、巡按御史的彈劾，除了嚴格遵照辦理外，往往奉行過度，竟然有一個縣生員的名額祇剩兩名。可見考成法的厲害。

六月，神宗命各省巡撫及巡按御史，推薦人才，不拘是否爲進士出身，一以賢能爲準。這是張居正一向的看法，在《陳六事疏》中已有透露，現在他以行政命令要求有司辦理。明代用人本來是進士、舉人、貢生，吏胥三途並進，到了永樂年間，科舉漸受重視，但是吏員的出路尚可；憲宗成化以後，進士幾乎是中央高級官員唯一的出身，其他都受到忽視，於是有才幹的舉人、貢生或吏胥，便埋沒了。隆慶年間，大學士高拱及吏科給事中賈三近都曾上言，請重視下層的官員，對於有才能的破格任用；

立意都極良善，但是事實上困難重重，因此也未見實行，現在居正再予提出，雖說更積極推動，然情勢早已積重難返，實效不大。

八月間，內閣大學士增加張四維一人。張四維是山西蒲州人，嘉靖三十二年進士。他與楊博同里，是王崇古的外甥；因為楊博、王崇古久歷邊事，善談兵；四維自來便受其影響，也習知邊務，受到高拱的賞識；後來，由於張四維的父親及小舅舅都是山西的大鹽商，專利鹽池，受到彈劾；不久又因與殷士儋衝突，羽退職歸里；四維家裡富裕，善於巴結權貴，尤其是李太后的父親武清伯李偉，於是不久便又入京充任京職，因為善於奉承，得到居正與馮保的注意，便在這年八月，由禮部侍郎進禮部尚書兼東閣大學士，入內閣隨元輔辦事。四維對張居正偽為恭謹，居正對他發脾氣，他也隱忍；到了萬曆十年居正死後，才施行報復，發動言官交相參劾居正，使得居正被奪諡、奪官銜。也許這是政治的常軌，像居正維護徐階的例子畢竟是太少了。然而居正在世時，總認為他是恭謹的同僚。

萬曆三年，倭寇又在江浙外海黑水洋一帶集結，應天巡撫宋儀望派兵船在近海巡弋，見到倭寇，雙方在海面交戰，儀望打了一個勝仗；居正一邊奏請加官，一邊致書嘉勉，同時也警戒浙江巡撫謝鵬舉注意動態。

萬曆三年，居正開始整頓驛遞，這也是他因公招怨的一件大事。

明代從北京到各省的交通幹線，有驛站做爲交通系統，此法重在傳送訊息。此制內又分驛站、遞運所、急遞鋪三個部門，其中以「站」最爲重要，負起宣傳政令、飛報軍情、接待四方使客的責任；「所」則僅負運輸人員物資及貢品；「鋪」亦祇負傳送公文一項而已。各地水路交通要道，均設有驛站，每驛有驛官、驛吏、驛卒；陸驛有驛馬，水驛有紅船，以備傳遞。驛馬、紅船、驛卒均來自民間，驛卒自備工食，三年一輪，周而復始。各驛又設有館戶，專爲過往人等，治造飯食，不許片刻怠慢，人力均是來自民間。最初驛卒、館戶仍可享有免納稅的特權，自嘉靖二十七年取消免稅權後，交通幹線附近的百姓，實際上已成公家奴才，生活無溫飽可言。

明初太祖嚴令天下，非軍事要公，不得馳驛；給驛條例祇有六條。凡緊急公事，可憑中央發給各邊總兵、副將、參將與各省三司使等的勘合（通行證），以及兵部發給各邊總督、總兵的「火牌」，均可憑之起派驛馬，飛馳報達，並可於館戶得飲食起居的服務。但是後來執行鬆弛，到嘉靖三十七年，給驛條例已增至五十一條。勘合分爲五等：溫、良、恭、儉、讓。結果大小官吏，不問公私都乘傳馳驛，甚至其親友也可蒙混馳驛，浪費國家費用，也剝削百姓的血汗。領用勘合的官員，有些既不溫良，也不恭儉，更談不上讓；勘合的底字，成爲一個諷刺。官員到了驛站，乘機需索，要糧食、要柴火、要酒席、要菜飯、要女人、要人馬；於是在設有驛站的地方，百姓好像經年遭強盜洗劫，甚至鬻兒賣女以應付差事。這簡直是虐政。嘉靖三十七年雖然曾經裁驛，但績效不彰；於是居正在這一年再予提出。

居正整頓驛遞的要點是：㈠凡官員非因公差、非因軍務，不得借行勘合，擅用金鼓旗號；雖是公務，但要求轎扛、伕馬超過規定，不論是何衙門，俱不供給。㈡撫按司府各衙門所屬官員，不許託故遠行參謁，擾亂驛遞。㈢有驛州縣，過往使官，該驛只供送應給的錢糧蔬菜，州縣只送油燭柴炭。㈣凡是經過官員有勘合的，伕馬火燭，祇令驛站供給，不得擅自徵派民丁。州縣司府官員入京朝覲，本官除量額帶用差役皀吏外，不許分外又在鄉間徵索伕馬，或按照道里遠近，強迫百姓折價繳納銀兩，中飽私囊。㈤凡在京任職官員經過地方，雖無勘合，地方官仍須沿路派兵護送出境，得許住宿公館，酌量供給薪茶燭炭。㈥凡內外各官丁憂、起復、給由、陞轉、改調、到任等項，一例不給勘合，不許馳用驛馬。㈦自京都往外省的，由兵部給予內勘合：其中仍須回京的，回京之日繳還勘合；無須回京的，即將勘合繳所到省份撫按衙門，年終一併繳回兵部。自外省入京的，由撫按衙門給予外勘合，至京以後，一併繳部，其中有須回省的，另由兵部於回省之日換給內勘合。

居正認定這是一件致理安民的大業，所以始終沒有放鬆，他以考成法要求各官奉行，違者查辦，若有得知官員強索民需，加要紅包、禮物及路費的一例究劾。居正首先便從自己做起——其子回江陵應試，他吩咐兒子自己雇車；父親做壽，吩咐僕人背著壽禮，騎驢回里獻壽。萬曆八年，居正次弟居敬病重，回里調理，保定巡撫張鹵發給勘合，居正隨即繳還。其次便責成大官員做起，外勘合由撫按衙門發出，所以先行整頓撫按。甘肅巡撫侯東萊的兒子擅行馳驛，居正革去東萊兒子應得的官蔭。保定巡撫張鹵稽查保定所屬驛站，得京官十幾個人違規，居正對於太僕寺等官員即以處分；又山西巡撫違例派員在省外使用驛馬護送太原知府入京，居正也加以嚴重誥誡。整頓驛遞最感棘手的是內監和孔子後代衍聖公。內監是宮內親信，輕易干涉不得，居正請馮保設法加以約束。至於孔子六十四代孫，衍聖公孔尚賢每年自曲阜入京朝貢的沿途騷擾，以其聖人之後，最初未加以處罰，但是後來在居正和山東巡撫何起鳴商定後，改衍聖公三年入朝一次，以減少他的驛站沿線百姓飽受騷擾。居正整頓驛遞，百姓受惠極大，然卻因此干犯濫用驛遞的人士，而引來仇怨。

這年的下半年，張居正的政策開始受到批評。八月，南京給事中余懋學，上疏陳說「崇惇大」、「親謇諤」、「愼名器」、「戒紛更」、「防佞諛」五項事務，都是針對居正的「綜覈名實」而發；居正以懋學諷刺自己，下令貶懋學爲民，永不錄用。禮部尚書萬士和認爲言官直言，不該遭到議處，但張居正不聽。

這事不久，刑部尚書王之誥因爲屢次上班逾時，受到彈劾；九月，王之誥請求歸里終養餘年，詔准。餘缺由宣大總督王崇古接任。而萬士和因與張居正不和，加上馮保替方士請求官職，士和堅持不可；給事中朱南雍隨之彈劾士和，士和稱病求去，禮部尚書職由吏部侍郎馬自強繼代。

十二月，御史傅應禎上疏請重君德、疏民困、開言路，其中有「此三不足者，王安石以之誤宋」字眼，暗諷張居正的失政；居正看了之後大怒，擬旨加以責罵；不久又下詔獄，判處傅應禎充軍定海。給事中嚴用和、御史劉天儷等人上疏解救，但居正怒氣不消；給事中徐貞明及御史李禎、喬巖到監獄探視，因而觸犯了居正，也同時遭到貶謫。

而在這不久之前，又有遼東巡按御史劉臺誤奏捷報，遭到申斥的事件。明代立法特重監察權，本來地方官祇有文職的左右布政使、武職的都指揮使以及鎭守要衝的總兵官；但是後來又添了巡按御史和總督。巡按、督撫雖然各有疆域職守，但是他們都是中央官分派地方執行事務，不屬於地方官系統。在法制上，巡按的職責是「振舉綱維，察舉姦弊，摘發幽隱，繩糾貪殘」，而督撫的職守則爲「措置錢糧，調停賦役，整飭武備，撫安軍民」，本質上前者司監察，後者管民政軍務。英宗正統四年（一四三九年）所定的《巡按御史出巡事宜》，定有「總兵、鎭守官受朝廷委任以防姦禦侮，凡調度軍馬，區畫邊務，風憲官皆無得干預」。因此巡按不得過問軍事，早有明文規定。而在這一年十二月，遼東巡撫張學顏同總兵李成梁，大敗泰寧部落與土蠻部族聯軍，劉臺身爲巡按御史，卻在張學顏未奏報前，先行向京奏捷，在程序上這不僅是手續錯誤，而且是越權。張居正因爲巡按御史在外，常常淩辱督撫；心中早想加以壓抑，現在劉臺犯錯，居正便依祖法加以申誡，以立竿見影。劉臺大爲憤恨，於是種下了萬曆四年正月劉臺上疏彈劾張居正的種子。

五、暮影

萬曆四年正月，北國的風雪正濃；北京城裡除了應有的新年氣氛外，沒有鋪張的遊宴、燈戲。這是居正最後一次在正月施行燈火管制。

當老百姓正在喜氣洋洋地鬧春時，朝廷裡卻起了風波：遼東巡按御史劉臺上奏章彈劾居正。

劉臺是隆慶五年的進士，那時總裁官是張居正；爾後劉臺任職刑部主事，在萬曆初年經居正提拔，授御史巡按遼東，因越權誤奏被居正申斥，懷恨在心，便上疏彈劾居正蔑視宗法，以宰相自居；違背祖訓，濫給爵位；不以大公任用人才，而出於個人好惡；自設考成法，脅制科臣；摧折言官，仇視異己；恃位非為，貪贓枉法等。

張居正想到明朝開國兩百餘年，從來沒有門生彈劾座主的事，而不久前門生傅應禎才攻擊他，現在劉臺又放冷箭，這眞是一個異常的刺激。若說就事論事也就算了，劉臺卻有意曲解他的用心，強造罪狀；明明是政治鬥爭，劉臺偏將其說成是罪大惡極，史無前例；因此居正看到奏疏時大怒，他決定依照本朝的慣例：大臣遭受議論攻擊，自己應自動請辭，以示負責，並以此表示不模稜兩可，貪戀權位。他立即向萬曆請求致仕，說：「依法，巡按御史不得報軍功；去年遼東大捷，劉臺違例妄奏，依法應該貶降，那時臣僅請旨加以申誡，劉臺便已憤恨難消；後來御史傅應禎下獄，臣請旨追究是否有幫兇，當時並不知劉臺和傅應禎有同鄉情誼，從中指使，劉臺自己妄自驚疑，遂不顧師生情面，藉機對臣洩恨。兩百年來，沒有門生彈劾師長的故例，如今臣祇有一去以謝劉臺。」說著激動地伏地痛哭。

十四歲的萬曆看到居正委屈，從御座上下來，以手掖持，加以慰留，居正雖然勉強答應，但事後並沒有到直廬值班。這確是張居正有生以來所受到最嚴重的攻擊，五十二歲的他對此事極爲痛心。其後他三次上疏請求致仕，神宗自然不同意，要他「即行視事，勉終先帝顧託，勿復再辭」。並派太監手捧手諭前往慰留，除了推許他爲政的辛勞外，並決定對劉臺加以裁處，著打廷杖一百，以示炯戒。張居正顧在師生情面，懇請對劉臺免加體罰，將處分改爲「除名爲民」，於是劉臺的風波暫時平息。

當劉臺彈劾張居正的事件發生後，朝中大臣連章交相請求挽留居正，獨有尙寶司卿王樵請求保全諫官，以揚顯大臣風度。他說：「自古以來明君，欲廣開言路，對於不當言論，不但不加以責罰而且對其優容；大臣若要廣推賢君的德化，對於別人的攻擊自己，更須加以接納，並施以提拔，如宋時文彥博對唐介就是如此。現在居正獲慰留，而劉臺得罪，無乃不如宋仁宗對待唐介的本意？」居正看了更是恚怒，貶王樵為南京鴻臚寺卿。這一場風波就這樣過去了，但是居正開始警覺必須調整一些作法。

其實劉臺彈劾張居正的事件，很多都是事實，但是政治並不能單看事實便下定論。劉臺彈劾居正是權臣，其實明朝自以大學士掌機要後，個個首輔（或者說大學士亦可）都跡近權臣，畢竟內閣有權無名，不可以主持國政，但是存在的既定事實，沒有辦法打破，居正祇好啞巴吃黃連，申辯無門。至於說違反祖訓，濫給爵位，也不是居正的個人錯誤，因為明中葉以來，皇親國戚的勢力極為猖熾，居正無法免除這種困擾。至於居正任用私人如張瀚、張四維這類的事，也不是沒有前例；其他如摧折言官等項也是政治上慣有的事，在這方面他已經比高拱、嚴嵩好很多，只是比不上他的老師徐階罷了。在這些項目中，除了以考成法約束科臣真的是違反祖制外，其他實際上都是本朝常有的事，並不特別稀奇。

當然，說居正為固寵結納兩宮太后、馮保也不是沒有根據，但這是居正的權宜措施。說居正家裡「富甲全楚」也非誣衊，但問題不在他身上。明朝的政治，到了中晚期之後，賄賂、貪污已是司空見慣的事；尤其在嚴嵩當政期間更是高峰，遺風所及，隆慶、萬曆年間自然無能革除。在政治圈內，幾乎很少有人能夠對此免俗，或者排除受賄的機會；然而平常儘管相安無事，到了有衝突的時候，這就是受指摘爲貪污的把柄。一般大員對此常持審慎的態度，但是有意賄賂的人總會鑽營，賄賂他的屬僚、家人、奴僕，並用各種名目使當政者難以招架。

因此，儘管張居正在操守上自律甚謹，對於外官也不太來往以避嫌疑，他仍然阻礙不了賄賂者的攻勢。賄賂者包括督撫、巡按及地方的府縣太爺，他們向居正的父親上禮金、寶物，乃至建議爲居正建坊、建第、建亭、造假山花園等等，最啼笑皆非的是，荊州府所屬的長江江邊新生成的河埔地，也成了送給張家的禮。居正雖然幾次給督撫難堪，但是類此事件仍然不斷發生；而且爲居正在江陵建坊、建第的事，湖廣巡撫汪道昆及其繼任者趙賢，都在未經同意下自動興工、完竣；萬曆也在他們策動下，賜宅院裡的樓堂名字，如純忠堂、捧日樓，並賜對聯：「社稷之臣，股肱之佐」，「正氣萬世、休光百年」御筆二幅。這種賄賂的行動，都不容居正同意，在他當國的時期，永遠有人上門向他的家人朝拜、餽贈。賄賂的官員以「委之私家，陷之以難卻」的手法，使得居正蒙受一些無可奈何的指摘，但並非居正有意貪污。這是時代的風氣，而張居正脫離不了這種困境。

二月，戶部尙書王國光致仕，臨行前將所輯下有關的條例，編成《萬曆會計錄》呈上，神宗嘉許他留心國家財政，命令戶部依此對財政上的錯失加以訂正。國光在任上建立了一些制度，配合張居正的財經政策，使得國庫收入增加，歲出減少，功績極大，現在他致仕，居正以南京戶部尙書殷正茂接替。

六月，萬曆強居正擬旨復派太監督促蘇州、杭州織造。織造本來在《世宗遺詔》中已被廢除，經過十年後，現在又再復用。所謂織造就是：太監將北京宮內所需的式樣，頒給民間，要民間依式織作，經費一部分由內庫支出，一部分則來自鹽稅。名義上百姓的工資優厚，但是事實上經過幾次轉折之後，民間所得有限，皇宮派人定貨，祇是他們意料中該受的需索摧剝，於是這成爲公然的迫害。然而宮苑裡有大批人口都靠這些織工，在皇室名正言順的詔令下，他們也莫可奈何。

自居正當政以來，除了對災荒地區加以減免賦稅外，對於錢糧以考成法要求地方官按額實徵，然而在這年七月，居正擬旨諭吏、戶兩部，澄清吏治，並依差等蠲免逋賦；規定下一年的漕糧折收十分之三。這是居正難得的措施，據他自己給他人的信上所言，是因爲他覺得整理財政已有了相當成績；所積存的米糧已足可支持七、八年，庫存銀兩至四百餘萬，國家財政已達不可動搖的基礎，因此上疏請求減免；又因爲北京、通州的存糧已足，建議將漕糧改以換算錢色徵收。張居正並不以聚斂民財爲好，他的做法是力求中央的財務穩當，對於災民也不是不伸出援手，自其主政以來，先後已賑災七次，行減租稅一次；此後直至其死，又賑災九次，減免租稅九次。

萬曆四年七月，黃河入海口加道工程完成，這也是居正所關心的。本來元代至明中葉以前，黃河河道仍是南北分流，北支由衛河入渤海灣，南支借淮河河道入黃海；到了明孝宗弘治年間，黃河北支完全斷絕，專走南道，於是淮河南北的水患日益嚴重。又因爲明朝在萬曆三十二年以前，黃河從徐州到淮安的河道兼爲運河水道（在明代稱「借黃爲運」），祇要黃河一決口，漕運便發生問題，所以明人對黃河、運河同樣重視。當時爲管理水道，並設有河道總督及漕運總督，而由河道總督治理徐州以上一段黃河；漕運總督負責徐州以下黃河以及大運河的順暢。明朝治河有一些不成文的原則：黃河到開封後導其向南，因爲如果向北，淮徐一線的漕運將因水淺而中止；其次便是黃河到徐州後，約束其向東，因爲南方是明朝鳳陽祖墳，不可侵犯；而在徐淮這段的水道也不准其隨便改道，以免漕運發生問題。總而言之，明朝爲了漕運，犧牲了黃河，把黃河搞得有如手腳受縛，於是河南、山東、江蘇、安徽四地，天產民力，消耗犧牲在黃、淮、運河的防治上面不可勝計。

張居正主政以後，對於漕運的問題極爲注意，萬曆元年、二月漕糧順利運抵北京，居正在高興之餘，曾致信漕運總督王宗沐，加以稱讚。然而萬曆二年下半年，淮河決口，第二年黃河又在碭山（江蘇碭山）決口，河水狂奔南流，侵入淮安灌進運河，直達長江，淮揚一帶水警不斷，同時又導致運河在高郵崩潰氾濫。當時爲了治河、通漕，先後有議開迦河（明人稱「引泗合沂以避黃」）及議開膠萊運河的案子，都因技術沒辦法突破，意見不一，加上水患嚴重，於是兩案擱置而先治河。當時的漕運總督已換任吳桂芳，他主張在黃河入海口附近加開一個出口，增加河水宣泄量，如此黃河可以無阻入海，淮水隨同入海，高郵、寶慶一帶水患自可以減輕。居正對治水並不擅長，更沒有經驗，但他認爲桂芳的意見可行，於是鼎力支持他在草灣加開新口的計畫。七月，草灣工程告成，居正派工部前往勘驗，八月覆奏。於是黃河的問題初步獲得解決。

然而八月以後，黃河又在崔鎭決口，造成蘇北豐縣、沛縣等地水患，給事中劉鉉上疏討論漕河，文中對吳桂芳有所指責，桂芳辯解此非草灣工程的錯誤：因爲草灣工程在救高郵一帶水患，使河水東洩而不南溢，工程完成後確實達到效果；而崔鎭決口實際上與此無關，且在徐州以上河段，並非他本人轄區所在，更無責任可言，現在既然言官有所意見，他祇好自請退職。頃而御史邵陛上奏說：諸官以河水暴漲歸咎草灣工程，挫折任事大員的勇氣，非朝廷所該有，乞請對桂芳加以策勵；並詰責河道總督傅希摯曠職。邵陛的論點得到居正的首肯，桂芳因此也得留任。張居正對負責任事的大臣，一向不願加以罪罰；對於放言是非的官員則不表欣賞，這次對桂芳的保護，自然也是他個性的發揮。

萬曆四年十月，居正以九年任滿，在任期中考績圓滿，奉旨加特進左柱國，陞太傅、支給伯爵俸祿。這是循例的陞轉，但是居正具疏固辭，自認政績未著，非分之恩寵、踰格的賞賜，實不敢領受。最後萬曆答應其辭免後兩項，其餘封賞特囑接受。

這一年中，張居正在國防與財政上都已有了把握，然而他還是步步爲營，腳踏實地，他對於俺答仍然主張待之以誠；除了開誠布公，他又不斷吩咐沿邊督撫注意，對於韃靼內部的戰爭，他主張不干預政策，以便他們互相抵制；他甚而命令督撫，俺答若與他部發生事端，給予假道攻擊他部的方便。這是居正「分而弱之」的策略。

對於遼東方面的軍事，他的主張是揮師出擊以挫敵寇。在這一年十月間，炒花與土蠻聯合入寇古北口，總兵湯克寬偕參將苑宗儒追擊出塞，不幸遇伏戰死，居正曾表示痛心；不久黑石炭、大委正又屯駐大清堡邊外，謀攻錦州、義州，李成梁出兵追擊二百里，逼營大破敵人，斬部長四人，總算給居正一些安慰。然而遼東的軍事實是居正最感擔心的，他的目光也集中在這方面。

萬曆五年二月會試，張居正次子嗣修中進士，原來名次是二甲第一，神宗拔為一甲第二，就是榜眼。

明代輔臣子弟，在開國初期，因為輔臣為了避嫌，少有登科中第的。但是到了景帝景泰七年（一四五六年），大學士陳循、王文因為自己兒子會試落榜，攻擊主考官劉儼之後，正德三年（一五〇八年），大學士焦芳又因兒子焦黃中祇居二甲第一，降調主考閱卷的諸位翰林。正德六年，首輔楊廷和之子楊慎中式狀元，因為楊慎才華高健，名副其實，沒有風波產生。到了世宗嘉靖二十三年會試，首輔翟鑾的二子汝儉、汝孝也參加，在殿試時嘉靖懷疑取人不公，放榜結果證實的確不公，結果主考官及翟鑾都受到懲處，翟鑾與二子都被削奪為民，這是一次很大的風波。張居正共有六子：敬修、嗣修、懋修、簡修、允修、靜修；他對前三子的期望最為殷切，多方羅致有才學的後輩，與自己兒子交遊，這一年的狀元沈懋學便是其中之一；而《牡丹亭》的作者湯顯祖雖受禮遇，卻不領情，因此他直到萬曆十一年，居正死後才中進士。

張居正對於兒子的前途極為關心。明代的制度，對於大臣之子，有文蔭與武蔭；

在大臣建功或是任期圓滿後，照例兒子可以廕官。文廕從廕一子入國子監讀書起，到補中書舍人、尙寶司丞、尙寶司卿不等；武廕從錦衣衛百戶、千戶起，到補指揮同知、指揮僉事不等。照例，大學士之子若由廕官出身，則不能上陞至大學士；尙書之子若由此道上升，同樣的不能晉至尙書，由廕生陞至大學士、尙書的，在明代絕無僅有。有明一代，父子相繼爲大學士的祇有陳以勤、陳于陛父子，但于陛的大學士是經由科舉，而非官廕。居正明瞭廕生不是一條坦途，督促兒子由鄉試、會試出身，因此對他們在鄉、會試的結果，自始即特別注意，敬修是萬曆元年順天府鄉試舉人，次年會試落第，據說居正因此大爲生氣，萬曆二年不選庶吉士便是敬修落榜的反作用。嗣修、懋修都是萬曆四年的順天府舉人，與敬修同時參加同年的會試，這次敬修又落榜，懋修也落第，只有老二嗣修中試。

萬曆五年五月，總督兩廣軍務右僉都御史淩雲翼討平羅旁猺（盤占在廣東西部雲霧山一帶）。此役的成功除雲翼的從容布置外，廣西總兵李錫、廣東總兵張元勳亦功不可沒，計俘斬、招降四萬八千八百餘人，確實是個大戰役。雲翼上疏主張開闢州縣，招徠農墾，經過一度遲疑後，居正接受這個建議。於是升瀧水縣爲羅定州（今羅定縣），新開二縣：東安（今雲浮）、西寧（今鬱南），從此廣州、高州、肇慶、梧州四府交界的蠻荒，不再是化外之區。

就在二月到四月的中間，政局有一些微波。

二月間，馮保欲在畿內的宅第建坊，居正囑咐保定巡撫，都御史孫丕揚代爲籌畫建築，丕揚拒絕，他自知此舉將得罪居正、馮保，便引疾辭職歸里。居正爲了鞏固政權，與太監頭目的交結，在士大夫眼中，仍然是可恥的，更何況代馮保建坊。

這年四月初三，兵部尚書譚綸死在任上，萬曆在傷悼之餘，贈太子太保，諡襄敏，敕葬江西宜黃家鄉崇一都麓塘。給予其長子河圖世襲錦衣衛百戶武廕，次子洛書世襲國子監監正文廕。譚綸出生於正德十五年（一五二〇年），嘉靖二十三年（一五四四年）中進士，先後歷任南京低級京職、台州知府、浙江按察使司副使、浙江及福建布政使司右參政、福建巡撫、陝西巡撫、四川巡撫、兩廣總督、薊遼總督，於隆慶六年年底入任兵部尚書。他自從任職南京京官時起，即與兵事無法分離，先後達三十年，累積首功二萬一千五百；有一次與倭寇交戰，刀刃上的血下流積涸滿腕，經過熱水敷沃之後才脫除血跡。生平與戚繼光齊名，號稱譚、戚。

譚綸爲官清廉，律己很嚴，對於兄弟也加以約束，在一封給弟弟的信中，他以十七條加以戒惕：戒與武職官往來、戒與邊將書束及交際、戒與鄉里及內臣轉說人情、戒輕易作詩文、戒薦術士、戒狂飲輕易論事、戒縱僮出外主事、戒輕易去拜京堂、戒打首飾、戒與方外人及士夫講外事、戒奢侈、戒用小倡、戒說人長短、戒受人請託、戒遠遊、戒常請客、戒多拜外官。他死時年五十八，並不算大，倭寇在他所主持的追剿計畫下，得以底定；遼東的邊事也在他任上有了進展，對明朝他可說貢獻良多。他一死，兵部尚書的餘缺，改由刑部尚書王崇古接任，而以戎政尚書劉應節接任刑部尚書。

譚綸一死，又凸顯出一些問題。明代由於國防的考慮，特重薊遼、宣大兩大軍區；於是薊遼和宣大隱然成爲兩個對立的系統；張居正當然知道這不是國家之福，爲了避免他鎮對於居正重視薊遼的白眼，居正採取兩鎮長官互調的原則，加以平息摩擦。於是居正趁此機會來沖淡雙方的排斥：薊遼出身的譚綸逝世，居正用宣大出身的王崇古出主兵部，同時更調薊遼順天巡撫王一鶚爲宣府巡撫。

居正對於譚綸、戚繼光一向加以支持，所以薊遼系統的背後所存在的是居正的影子。他對於攻擊繼光的人，都提出嚴正的論駁，他對繼光的愛護，委實令一些人眼紅。萬曆四年郜光先巡邊，對薊鎮歷年無功及南兵北調提出意見，居正爲繼光辯解說：大抵薊鎮之勢，與他鎮不同，其論功伐，亦當有異。蓋此地原非邊鎮，切近陵寢，故在他鎮，以戰爲守，此地以守爲守，在他鎮以能殺賊爲功，而此地以賊不入爲功，其勢居然也。至於調用南兵一節，實出於萬不得已。

當時主持議論的人，已經忘記南兵的作用，他們不想當初北兵一再藉口入衛薊鎮辛苦，不願番上，裁減入衛兵額，造成防區的衛兵額數不足，譚綸、戚繼光祇好提議調當初在剿倭寇時所募的南兵北來，以塡補額數。北兵一向散漫，南兵初到薊鎮時，有一次繼光在大雨中向全軍訓話，唯獨他從南方帶來的三千名軍士，能幾個小時屹立不動。北兵被這一批鐵軍震住了，但卻由羞生恨，始終想將南兵斥走。這是南兵無用論調的來由。也許就因爲南兵鎮戍薊鎮，使得地方無警，才被看成毫無作用。

戚繼光是明代數一數二的將領，富於機智，早在浙江總兵時，便以發明「鴛鴦陣」而聞名。接任薊州總兵前後共達十六年，等於他前任十人任期的總和。他是個不知疲倦的人，喜愛操練、閱兵及訓話。本身又體格強壯，動作敏捷，他經常巡視各要塞，有一次馳馬到長城以外十多里，未帶任何護衛，膽識過人；他還親自攀繩梯登上設在峭壁的觀察哨，勇邁異乎常人。在繁忙軍務中仍然著書立說，有《紀效新書》、《練兵實紀》及詩文集《止止堂集》。一般說來，出身武舉的將領，大半生都在戎馬倥傯之中，能夠如戚繼光者不多；即在當代高級將領中，除少好讀書的俞大猷之外，戚繼光的文學造詣已無與倫比。以此，文官對他也刮目相看，認爲他不是樊噲式的武人；當時的文苑領袖王世貞和繼光的交情就非同泛泛。在薊遼的同事譚綸、劉應節、梁夢龍更是與其感情深篤。繼光本身具有允文允武的才華，又有能攻善守的將才，居正慧眼識英雄，對他呵護異常。

這年八月，黃河又在崔鎮決堤，於是治水的爭論又起。由於黃河日漸淤塞，淮水爲黃河所迫，倒灌運河，再加上高郵、寶應諸湖的激盪，遂成淮陽一帶的大患。因此便有兩種看法產生：一派主張挽淮入河，以沖刷河沙，以爲老黃河入海的水道，這是漕督吳桂芳的主張；另一派主張挽淮入運，是河道總督傅希摯的論點。因爲決口事大，居正急令希摯先塞決口，等到水勢稍定之後，認爲桂芳的看法比較可行，便依桂芳的看法執行，又因兩人意見不合，於是改調希摯巡撫陝西，以山東巡撫李世達代替。

不久又有給事中湯聘尹挽淮入江的說法，認爲黃淮分背而流，黃河不致妨礙淮水，如此則淮、揚一帶可保。居正聽了出生淮、揚的京官意見後，也認爲縱淮入江是一個方法。他立刻知會桂芳，但是不敢硬性強令採納，他說：「僕自來未經此地，不悉其曲折，獨以意度如此，謾承以備採擇。」當時淮、揚一帶水已退，淮水歸流，桂芳據實見告，反對縱淮入江的議論，居正於是取消自己的動議。張居正治河問題的不夠專門，是他主政中較弱的一環，但是他視治河爲當務之急，希望早些平緩黃淮及運河的水患，然而一直要等到他重用潘季馴以後才有眞正的成績出現。

這年閏八月，刑部尙書劉應節因爲得罪馮保而落職。事情的緣由在於馮保任錦衣的姪子馮邦寧，在路上遇應節而不迴避。明代制度，官員遇尙書、大學士一例迴避，而邦寧違例，應節依法加以叱責，馮保爲此不高興。不久正巧雲南參政羅汝芳奉命到京辦事，應節出城與他談禪，給事中周良寅加以彈劾，居正一向不喜談禪，馮保便利用此點，於是應節與汝芳同時被罷職；由吳百朋接掌刑部。

萬曆五年，《世宗實錄》修成，神宗因爲居正一直擔任實錄總裁官，再行加恩，吩咐內閣草擬應賞名單，居正把名單呈上，但是沒有提到自己；神宗隨即下令加上居正名字，但居正覆疏具辭，表示不敢居功。在此之前，居正在萬曆三年《穆宗實錄》修成時，已經辭免加恩及廕一子做中書舍人，兩次的情愫都在表明無功不受祿的心理。

九月，司禮太監孫得勝傳太后旨意：因爲萬曆大婚佳期已近，命閣臣擬旨免行秋決。張居正上疏諫止說：「祖宗舊制，凡是犯死罪，鞫問清楚的，依律就須棄市；嘉靖末年，世宗皇帝因爲修醮，才開始有暫時免刑不斬決死囚，或者酌量執刑的案例，這些都是近年來姑息的流弊，並非祖宗法度。臣等詳閱死囚的罪狀，都是滅絕天理、傷敗彝倫的人物，聖母衹看到死刑犯身被誅戮可憐，卻不知他們所戕害的人，都含冤蓄憤於九泉之下；而且若長此不行刑，終將使得監獄客滿，需要加建，既浪費財政，又乖違國典，對於政體，又是大不韙。」同時給事中嚴用和等人，也上言以爲不可，於是太后衹得放棄原議。其實，自萬曆即位以來，已經因爲太后的懿旨而停刑三次，祇在萬曆二年決囚一次，居正對於太后的遷就已經太多了。

不久，居正又對萬曆的婚期提出異議。這年萬曆才十五歲，李太后爲他選了浙江餘姚人氏王偉的女兒做皇后，經過欽天監選擇了良辰吉日，認爲十二月舉行大婚最吉，其他各月都有礙。居正仔細思量了一番，認爲要在十二月舉行大婚，新郎衹有十五歲，新娘衹有十四歲，未免太年輕；但若延期一年，又怕太后、皇上等不及，最後折衷定在隔年三、四月。他上奏章給太后，指出歷代皇上未有在十六歲前大婚的，英宗、武宗、世宗都在十六歲才結婚，認爲神宗應在十六歲大婚；對於婚期，居正說：「臣居正素性愚昧，不信陰陽選擇之說，凡有舉動，只據事理之當爲，時勢之可爲者。」建議以六年三月爲大婚之期；最後太后接受了居正的建議。居正並不是迷信之徒，他充滿理性色彩的看法，在這次上疏中表露無遺。

這年秋天，朝廷因著居正父親的死去，而掀起了漫天風波。

嘉靖三十七年居正最後一次見到父親，往後十九年的歲月，居正從一個平凡的翰林院編修，成爲當國首輔；文明從一個平凡的府學生，變成首輔的父親。居正曾想迎文明到北京住，但是老人家擱不下江陵的一切。大致在萬曆五年夏間，文明已經病了，有時連走路都有困難；居正本來準備回鄉省親，但遇上要爲神宗準備婚事，且婚期改在萬曆六年三月，居正看暫時走不開，便決定在大婚以後再行返鄉。

這年，居正的父親已經七十四歲，九月初某天的清晨，冒著霜露登上王粲樓，患了重感冒，到九月十三便病死了，這年居正五十三歲。由於當時交通不便，二十三日居正才得到訃聞。內閣同僚呂調陽、張四維奏明萬曆，萬曆下御旨要居正節哀順變，以國事爲重，並給予賜唁；兩宮太后也同樣加以慰勉、弔賜。

明代制度，內外官遇祖父母、親生父母喪事，自聞訃起，不計閏月，守制二十七個月，稱爲「丁憂」；期滿復官，稱爲「起復」。英宗正統七年（一四四二年）下令，凡是官吏匿不守喪的，俱發原籍爲民，由地方官加以管束；十二年（一四四七年）又下令，內外大小官員丁憂，不准保奏奪情起復。所謂「奪情」，就是奪去其親子之情，移為別用的意思，這是古來的權宜辦法，但是祇用在將、帥出征時，為免因父母之喪而貽誤軍機，故國君往往命其移孝作忠，不必回家守孝，仍在前方帶孝從戎，也是所謂的「墨經從戎」與「金革之事不避」。

張居正身為首輔，自然不得例外，明代的家訓是「以孝治天下」，執政自當為人表率，於是照例報告丁憂，以符合《四書》中所說的父母三年之喪這一原則。這使得萬曆大為不安，雖然他已經十五歲，但是對國家大事和御前教育，仍需要元輔的襄助；再說，過去由於地位重要而不能離職的官員，由皇帝指令「起復」而不丁憂守制的，也不是沒有先例。於是皇帝在和兩位皇太后商量之後，決定照此先例慰留居正。在大伴馮保的協助下，萬曆以半懇請半命令的語氣要求張居正在職居喪。張居正出於孝思，繼續提出第二次和第三次申請，請求神宗准他「以二十七月報臣父，以終身事皇上」，但都沒有被批准。最後一次的批示上，皇帝還說明慰留張先生是出於太后的懿旨，並且向呂調陽、張四維表示，即使居正再上百本奏章也不能准。守制的請求顯然成了僵局，居正祇好以返鄉探視喪偶的老母為請，以為迂迴；但是聖旨下來：遣司禮監差派一人，伴同居正次子翰林院編修張嗣修，馳驛歸里營葬；並迎居正老母來京侍養，於是守制的請求完全失敗。

這時外廷諸臣也在議論紛紛，很多守正的人，對居正未能迅即奔喪，頗爲不滿；也有人覺得張居正非比旁人，他身負國之重任，先把要務安排妥當，然後再行奔喪比較正確。太后、皇上都怕居正一走，國勢乍頓，對不起祖宗；戶部侍郎李幼孜因爲要諂媚居正，倡導請由廷議，令居正「奪情」。萬曆及兩宮太后都對此議表示接受，派馮保固留居正，於是居正守制的信心開始動搖。

在李幼孜倡議奪情的同時，翰林院學士王錫爵，侍講張位、趙志皋，編修吳中行，檢討趙用賢，修撰習孔教、沈懋學等人，皆持反對意見。翰林院官的職責在記述本朝歷史，因此他們對此事自覺責任重大，認爲皇帝的老師不能遵守聖賢經傳的原則，如何能使億萬小民心悅誠服，因此聯合到張府拜見，當面對居正加以勸告，要他回鄉守制以全大節。但是勸說不得結果，張居正告訴他們是聖上的旨意，不是自己有意奪情，然而諸人仍不相信，他們開始懷疑居正請求離職丁憂的誠意，進而疑心奪情一議是否出自皇室的主動。

不久，萬曆下旨令吏部尙書張瀚諭留居正，張瀚內心不悅，與吏部左侍郎何維柏商量，維柏說：「丁憂守制是天經地義的事，如何可免？」故張瀚決定不加理會，恰巧居正以書信鼓動吏部司官覆奏，張瀚表面上裝糊塗，說：「當局奔喪，應給予殊典，這是禮部的事，與吏部何干！」到十月初，居正又派說客向張瀚關說，張瀚不為所動；居正大為震怒，擬旨指責張瀚「久不奉詔，無人臣禮」。經過這次的叱責，廷臣大為驚恐，於是御史曾士楚、陳三謨，倡議請留居正，舉朝附和，聯名請願，獨有御史趙煥不簽名；張瀚也不參與，甚而捶胸嘆息，認為三綱倫常從此掃地。居正更怒，嗾使給事中王道成、御史謝思啓出面彈劾，藉別的小事加以攻擊，結果張瀚被敕令致仕，何維柏遭到停發薪俸三月的處分。張瀚雖說是居正援引的人；但在這事件中確是表現了他的骨氣；餘缺隨即改由王國光繼任。

不久南京大臣也上疏議留居正，而南京都御史趙錦、工部尚書費三暘以教化倫常立場反對，但是南京禮部尚書潘晟及諸給事中、御史的奏疏還是上了。於是居正眞正的在職守喪，但提出五個條件：㈠所有應領薪俸，一概辭免；㈡所有祭祀吉禮，概不參與；㈢七七之後入侍講讀，在閣辦事，俱請准以穿戴青衣角帶；㈣章奏具銜，准加守制兩字；㈤仍請容許於明年乞假葬父，順便迎接老母，一同來京。疏上之後，得到萬曆的首肯。

巧的是十月初五，天空出現彗星，這在古代是表示警告皇帝或文武百官，萬曆下令百官反省。依照慣例，若遇此種情況，百官也可以請皇上反省。首先提出攻擊的是，居正在隆慶五年所取的進士，現爲編修的吳中行，其後中行同年進士、現爲檢討的趙用賢也上疏，兩人之疏大略是：因爲父喪而帶來的悲痛，使張居正的思想已不如以前縝密，強迫他奪情留任，既有背於人子的天性，國家大事也很難期望再像往昔那樣處理得有條不紊，所以不如准許他回籍丁憂，庶幾公私兩便。不久刑部員外郎艾穆、刑部主事沈思孝又聯名上疏，內稱張居正貪戀權位，不肯丁憂，置父母之恩於個人名利之下，如果皇上爲其所惑，將帶給朝廷以不良的觀感，因此懇請皇上敕令他回籍，閉門思過，只有如此，才能對人心士氣有所挽回。

神宗看到四人的奏疏，極爲震怒，認爲蔑視兩聖、有意犯上，下令懲處。居正與馮保商量結果，決定用他主政以來第一次的廷杖。翰林院侍講趙志皋、張位、于愼行、張一桂、田一儁、李長春，修撰習孔教、沈懋學具疏求免，但是石沈大海；眼看廷杖就要執行，翰林院掌院學士王錫爵又約齊十幾位翰林院同僚，親自拜訪居正，盼加以申救，但是居正不接納。就在十月二十二日，吳中行及趙用賢受廷杖六十下，並褫奪文官身分，降爲庶民。艾穆及沈思孝因爲言辭更加孟浪，多打二十下，打完以後再充軍邊省，終身不赦。中行在杖後氣絕，幸虧營救得當復甦；用賢自此臀部變成了一邊大一邊小，爲了紀念此次的直諫，用賢且自屁股割下一大塊腐肉風乾，作爲傳家之寶。

明朝的政局，本來就沒有心平氣和的局面，居正也不是一個氣量恢宏的大臣。吳中行等的受杖，還是動搖不了輿論。就在廷杖後第二天，這年的進士鄒元標，也上疏攻擊居正，文中甚至罵居正是豬狗禽獸，結果得到廷杖八十下，充軍貴州的處分。而在這兩次廷杖當中，福建巡撫龐尚鵬寫信給居正，爲諸人營救；南京操江御史張岳且上疏請令居正奔喪，但是一切都不發生作用。

十一月初六，居正於七七期滿，青衣角帶入閣辦事。然而在七七之中，居正雖不在內閣，但內閣的公文，一直送到孝闈批閱。張文明死後引起的風波，至此終於塵埃落定。

就在這兩個月間，朝局也有一些曲折。十月，兵部尚書王崇古因屢被彈劾在任上通敵，堅持致仕獲准，居正以戎政總督方逢時接任。而工部尚書郭朝賓在十一月也致仕，由李幼孜補替。

同月，因爲老黃河又塞滯不通，議論又起，居正爲了平息河道、漕運兩位總督的摩擦，十月間，把河道總督李世達再調他任，命吳桂芳兼理河道。爾後在萬曆六年正月，正式陞桂芳爲工部尚書兼都察院右副都御史，總理河漕提督軍務，於是河漕兩個機構正式合併。不幸桂芳在正月病死，居正命潘季馴為右都御史兼工部左侍郎，總理河漕，於是治河開始有了專家主持，日後也有一番成績出來。

十一月，居正疏請萬曆下詔考察京官，原因是星變，就是彗星突然在十月出現；但是這是居正的權謀，有意用京察打擊異己。結果已調任南京尚書的何維柏、操江御史張岳、翰林院侍讀趙志皋、已任南京國子監司業的張位都遭到罷職或外調。明代考察京官本定六年一察，然自武宗時劉瑾利用閏察以打擊正人君子後，便留下了惡例，此後當政者若想斥去異類，每每以閏察為由，居正這次京察便是閏察。因此在居正死後，吏部尙書楊巍便在萬曆十三年，上疏請永停閏察，終獲俞允，一大惡例才去除。

這年十二月，四川巡撫王廷瞻與副使楊一桂，會同總兵劉顯大破松潘高原上的亂番，於是風村番、白草番二十八個部落皆降；不久劉顯又討平建昌、傀廈、洗馬、姑宰、鐵山諸地的叛番。

萬曆四、五年，張居正受到不小的打擊，但是他總算度過了；此後五年，他再沒有遭到重大的挫折。

六、晡景

萬曆六年一開春，北京城裡便籠罩在一片喜氣中。由於萬曆大婚的時間，從三月改爲二月，因此在正月間，皇宮裡便開始忙碌。居正被選爲萬曆婚事的納采問名副使，正使是英國公張溶；慈聖太后特賜坐蟒袍、胸背蟒袍各一件，命令自元月十九日起，著吉服紅袍辦事。自從萬曆婚期決定之後，太后便搬出乾清宮，退居慈寧宮，不再與神宗同住，她怕從此萬曆會好玩、不上進，特別將監護的責任移交給居正，因此居正對萬曆的婚事自然不能卸責。然而外官對於居正在守制期間，主持皇帝婚事頗多微詞，二月間，給事中李涞便加以彈劾，說他非禮，激怒居正，弄得自己被貶。

就在萬曆結婚前夕，有兩件事値得一提。第一件是遼東的捷報。就在春節前不久，朝廷本來決定召遼東巡撫爲戎政總督，未交接而土蠻約泰寧部酋分別進犯遼東、瀋陽及開原，張學顏乃與總兵李成梁商定對策，在這年的正月，大破敵人於劈山，斬首四百三十餘級，又殺部長阿丑台等五人，是爲劈山之捷。於是學顏乃入爲戎政總督，由周詠爲遼東巡撫。

第二件事是漕運的再通。在河漕總督吳桂芳和淮安知府邵元哲的合作下，在正月裡，終於將運河河堤重新築竣，於是淮揚間漕道漸趨安固，可惜桂芳在工程完畢後逝世。漕河既通，張居正以漕運有關財政、國防，為避免洪水期的危險，採用漕臣的意見，改在冬月兌運，到次年春，漕糧安全抵達，而少罹水患。此後成為常法，施行日久，太倉裡糧粟充盈，可以支持十年。這是居正在財務上的大功。

萬曆六年二月，神宗與王氏結婚，王氏被冊立為皇后，因著這次的大典，官員自輔臣以下，各相干人等賞賜各有差，居正依然堅辭陞官及廕官。值得注意的是萬曆對於居正倚賴日重，在賞賜札中竟稱居正為「元輔張少師先生」，對待以師禮，這在明中葉以來是極稀罕的事，在整個明代也是少數的例子。自宋以後，宰輔地位低降，到居正身上算是有了一些復興。

三月初，神宗加仁聖皇太后尊號為仁聖貞懿皇太后，加慈聖皇太后尊號為慈聖宣文皇太后。

三月間，居正因為將歸葬父，念閣臣在里鄉居的高拱與己有隙，殷士儋有中官為奧援，都可能趁這時復出；唯有徐階易與合作，擬推薦徐階來代自己的位子，但又想到徐階是前輩，歸葬回來，必須屈居其下，便又打消了念頭。最後決定上疏請增加閣臣，神宗要居正自己揀擇上呈人選，居正推薦素有人望的馬自強，以及自己欣賞的申時行。不久，馬自強以禮部尚書兼文淵閣大學士，申時行陞吏部左侍郎，兼東閣大學士，雙雙入閣隨元輔在閣辦事。馬自強是嘉靖三十二年進士，一向在意見上與居正有所衝突，這次獲居正推薦入閣，著實令他有些意外；而申時行是居正在任翰林院掌院學士時的門生，他是嘉靖四十一年的進士，以文章受知於居正，個性蘊藉不立異說，居正對他頗為注意，也多方加以提拔，這次入閣便是這個關節的結果。

張居正在二月服用紅袍玉帶參與了皇帝的婚禮大典，禮畢後又換回布袍角帶，請求給假歸葬，萬曆准他在三月十三離京。這時，年輕的皇帝對居正的信任達到了最高點，這種罕見的情誼在張居正離京前的一次君臣對談中，表現得最為明顯，兩人除了互道心語外，最後都落下了別離的眼淚；萬曆因為不能長期沒有居正襄理國政，限期他五月中旬回京。除了賜營葬的全部費用及路費外，神宗在三月十三日居正出京時，還命司禮監太監張宏在郊外餞行，且令文武百官出郊遠送。居正一出發，神宗還派人賜他「帝賚忠良」銀印，給予祕密上言的權利，又戒次輔呂調陽等，有大事不得專決，凡屬重要文件，須特派飛騎傳送到離京一千哩外的江陵張宅，請居正裁處。

於是一頂三十二人抬的大轎，在薊鎮總兵戚繼光所委派的一隊烏銃手侍衛下，自北京沿驛道南下。沿路巡撫和巡按御史一律出郊迎送，府州縣地方官則跪著迎接。三月十九日過邯鄲，入河南界，封藩在開封的周王派人在界上迎接，致送禮物奠品，居正收了水果，其他封還。不久路經新鄭，居正順道拜訪老友高拱，高拱當時已經老病，抱病出迎。本來五年九月嗣修南歸江陵時，居正曾要兒子順路問候高拱，彼時已經聽說有病，現在兩人相見，自是有些感傷；高拱一生無子嗣，晚年孤苦零丁，更是老淚縱橫。四月初四，居正到達江陵，到家後有信給高拱，有幾句話是這樣寫的：「相違六載，祇於夢中相見，比得良晤，已復又若夢中也。」兩人的相見，竟恍如夢寐。

四月十六日，張文明下葬，地址在江陵太暉山，會葬的官員有營葬的司禮太監魏朝、工部主事徐應聘，諭祭的禮部主事曹誥；還有護送居正回里的尙寶司少卿鄭欽，錦衣衛指揮僉事史繼書；地方官有先任湖廣巡撫、陞刑部右侍郎的陳瑞，撫治鄖陽、襄陽都御史徐學謨及其他府縣司官。

爾後居正在江陵停留，周視闊別二十年的家鄉，心中實有著特殊的感受，他有些依戀，眼看五月中旬回朝的限期將至，又想到七十三歲的老母禁不起暑熱跋涉，向萬曆提出準備在八、九月間秋涼時伴母赴京的申請；這使得神宗大爲緊張，咐吩內閣擬旨，命魏朝留待秋涼，伴居正老母入京，要居正儘快回京辦事。

其實，在居正離京期間，他仍然處理重要事務；而整個北京政府有如停頓一般。由於神宗吩咐重要公事要送到江陵，其餘留待居正入京再處理，使得次輔呂調陽覺得相當尷尬，自覺有如伴食中書，因此索性請病假，不赴內閣辦事；例行公事由張四維代爲擬票，稍關緊要的公事，都隨著馬蹄聲南下，聽候居正決定。因此，從北京到江陵的驛站上，正有無數的公文，在馬背上送來送去。

五月二十一日，三十二人抬的大轎向北京開拔，從此以後，他再不曾看到江陵的風光。由於夏雨過後的道途難行，五月底入京的底限無法達到，居正請求寬限，神宗下旨要他從容趕路無妨。在路過襄陽時，襄王出迎；經南陽時，唐王也出迎。親王出迎大臣在本朝例子極少，居正則身經數回，他的威望確實不小。到新鄭後，居正再訪高拱，這時高拱更加衰弱，請居正幫忙兩件事：死後爲他立嗣，並向朝廷請求恤典。這是他們最後一次見面，張居正盡力棄嫌修好，但沒有預料到，他和高拱之間的嫌隙，不僅沒有隨著這次會面而消弭，而且還在他們身後別生枝節，引出了一些事端：高拱控告居正的罪狀——《病榻遺言》出版，使得居正的名聲爲之混淆。

六月十五日午後三點，居正一行到達北京郊外眞空寺，神宗已經派司禮太監何進在那裡擺好宴席，兩宮太后也有所賜贈。宴後因天色不早，來不及入朝，居正便回宅安歇。

第二天，本來是早朝的日子，上諭免朝，萬曆在文華殿召見居正，相談歡暢。元輔返京，萬曆在欣慰之餘，更增加了對居正的倚重，最後皇帝要他在家中休息十天，免去旅途的勞頓後，再進閣辦事。

就在居正回江陵的三個月中，朝中有一些變化。四月，神宗詔令戶部歲增金花銀二十萬兩給皇宮。萬曆在本朝是以貪婪好貨著稱的君主，在他還是孩子的時候，便已經有這種傾向；早在萬曆還沒有大婚，太后還在乾清宮住時，他已由一些小太監誘引，在宮外搜尋一些珍奇玩物填充自己的小私庫。迨到大婚之後，他後宮佳麗完備起來，要花錢的路數更多了，缺錢之感益甚，於是便向戶部伸手要錢。本來如果是居正的話，萬曆不敢如此大膽，因爲居正知道了，不僅立行疏論進銀錢的不是，且會把戶部進呈御覽的歲入、歲出各項數字列表進呈，並說每年都是入不敷出，要他把這些表格置於座案，以便朝夕省覽，量入爲出，節省浮費；但是現在居正南下，萬曆便趁機向戶部刮油水。

其次便是河漕總督潘季馴，與漕運協理江一麟奏請黃河的整治計畫，季馴在奏章上列舉他治河的宗旨有六：㈠塞堵決口，以挽正河水；㈡築堤防以防潰決；㈢加建閘門防阻外河入侵；㈣創滾水壩以強固堤岸；㈤停止疏濬入海口，以節省浪費；㈥寢息由老黃河入海的建議，仍由利涉入海。總而言之，他的意見與吳桂芳挽淮入河的想法比較接近，但是又不盡相同。居正在江陵批准他的構想，工程施行，到萬曆七年十月，治河工程才大略完成。

三月，禮部尚書馬自強入閣，餘缺由潘晟繼位；五月，刑部尚書吳百朋歿去，由嚴清掌刑部；而在居正回京後不久，戶部尚書殷正茂致仕，七月由張學顏接任戶部尚書。在這一年當中，朝廷最高層次的官員，新陳代謝，變動幅度不小，然而居正的政治舉措可說沒有掣肘。

張學顏一接任戶部，便對以前巡按遼東誤奏捷報的劉臺，加以報復。由於劉臺在遼東時，常壓抑學顏，因此學顏對他也頗不滿。這時劉臺早已被貶爲民，學顏誣指劉臺在遼東任內貪污，居正於是令御史于應昌巡按遼東加以覈察，又命王宗載巡撫江西，羅織劉臺的罪狀；最後判處劉臺充軍廣西，劉臺的父親劉震龍、弟劉國同時得罪，最後劉臺竟在萬曆十年與居正同一天死，原因可能是謀殺致死。

九月間，居正的母親在司禮太監魏朝的服侍下，經由大運河到達北京，隨即護送趙太夫人到居正官邸。不久她被宣召進宮與兩位太后相見；兩位太后才三十多歲，看到七十多歲的老太太，除了對她加恩免行國禮之外，對待有如家人，並贈給她各項珍貴的禮品。

十月，內閣大學士馬自強病卒，贈少保，諡文莊。在此之前，內閣裡居正的同僚呂調陽，因爲受不了有名無實的氣，在七月便以生病爲由，憤然致仕回里，於是現在內閣便祇有居正及張四維、申時行三個人，一直維持到萬曆十年，居正彌留之際才有所增損。

不久，高拱病逝的消息傳到北京，距離與居正會面才四個月。居正寫信給高拱的弟弟高梅庵，談到恤典的事。不久居正上疏請求復高拱原官，給予祭葬；所謂「祭葬」，是對大臣死後的肯定，可分爲全葬及半葬，全葬即喪葬費全由國庫支出，半葬則僅支出一半；雖說祇有全部與一半之分，但是名分上差別頗大，半葬大半含有部分貶損的意味，全葬則表示全然的肯定，不給予祭葬則用意可知。由於兩宮、皇帝及馮保的仇視仍沒有完全消除，幾經討價還價，萬曆終於准予復官，給予半葬，但朱批上仍說：「高拱負先帝委託，藐朕沖年，罪在不宥。卿等既說他曾侍先帝潛邸講讀，朕推念舊恩，姑准復原職，給予祭葬。」由於祇是半葬，居正函請河南巡撫周鑑，從速撥給國庫應給的費用。之後居正又應梅庵之請，爲高拱作傳，作墓誌銘。

十二月，遼東總兵李成梁大破速把亥、炒花、煖兔、拱兔及土蠻、黃台吉、大小委正、卜兒亥、慌忽太的三萬聯軍於圜山，追擊二百餘里，斬部長九人，首級八百八十四，獲馬一千二百匹。薊遼總督梁夢龍上捷報，萬曆大悅，祭告太廟，親至皇極門宣告大捷。

萬曆七年正月，詔毀天下書院，自應天府以下，凡六十四處。明朝講學風氣自中葉以來大盛，上自達官貴人，下至秀才百姓，到處召集徒衆，號稱講學；最初所談多聖賢經傳，後來轉談明心見性，有的卻如一鬨之市。然而張居正論學，直認本眞，這雖是在陽明學派的空氣中所得的認識，但是張居正不愛空談，欲求實際。他在給友人的信上說：「今人妄謂孤不喜講學者，實爲大誣。孤今所以上佐明主者，何有一語一事，背於堯舜周孔之道？但孤所爲，皆欲身體力行，以是虛談者無容耳。」在這個情形下，居正對於講學，當然祇覺得空言無補，徒資叫囂。這年的詔毀天下書院，便是從這一點出發的。

這一年，萬曆對戶部的需索愈來愈大膽；宮闈的用度也愈來愈奢侈，雖然經過戶部尚書張學顏的勸諫，但是歲增金花銀二十萬兩的做法卻自此定下。張居正上疏請萬曆節儉開支，但沒有下文，萬曆對國家大事他可以全權交給居正，對於私家的事，他便固執己意，尤其用錢的事。四月，萬曆又傳旨命令戶部鑄錢，供給宮內使用，他祇以爲花費工部的工本，而增加自己的私藏是條捷徑，但沒有想到濫發通貨，會造成市場的混亂；經過居正的陳言說明，他才勉強打消念頭。不久，居正又制止萬曆修建宮殿並裁減外戚遷官、恩賞的數目，萬曆在表面都加以曲從。然而居正對於萬曆，已經開始覺得難以管束了。

五月，封遼東總兵李成梁爲寧遠伯。這是居正的主張。他認爲成梁屢立戰功，忠勇爲一時之冠，自任遼東參將以來，累積首功至三千六百五十餘級，論功應封爵，於是在這年封寧遠伯，歲祿八百石。張居正對於將領一向重視，對於能戰善守將領更視之如同胞，因此將領對他也極感激，時有饋贈，萬曆四年劉臺彈劾張居正時說：「居正之貪，不在文吏，而在武臣；不在內地，而在邊鄙。」說詞雖有刻薄，但是居正收武將的禮也是事實，但是這與賄賂、貪污仍有一段距離。

六月，居正請旨察覈南北京畿、山東、陝西等地勳戚的莊田田賦，清查溢額、脫漏、詭借諸種流弊；又通令全國清查所有官屯、民屯、牧地、湖田、陂地等，得出八十餘萬頃，這一大片土地本來都是貧民所有，因受侵占而失去，於是重新發還。這是居正壓抑地方勢力的又一次措施。

七月，給事中顧九思等上疏請罷蘇、松兩府及應天府織造。這一年因爲江南大水，百姓已經生活困乏了，蘇松督造太監孫隆、應天督造太監許坤又強促織造，弄得怨聲載道；疏上之後，萬曆拒絕召回孫隆、許坤兩人。於是居正和張四維、申時行入宮面奏，幾經曲折，神宗提出由內庫提撥銀五千兩支付織費，不加徵稅擾民，並答應三位大學士召回孫隆；然而稍後又變卦，將賞賜外夷的緞匹加上原來的，一同織造，共計要七萬三千疋，要工部確實執行。張居正認爲太過於擾民，上疏請求酌減。在疏中，他說：祖宗朝一歲所織造原來的定額，嘉靖年間才有添織，但祇是偶一爲之，不得造成常例。疏上之後，萬曆准如所請，但事實上還是增加。萬曆已經開始任性起來了。

十月，土蠻因爲屢次求貢市，而督撫不許，大恨，因此在這個月，以四萬騎兵深入遼西走廊。遼東總兵李成梁預先受張居正的方略，採堅壁清野的戰法；一方面居正又指示薊遼總督梁夢龍東駐山海關，遣參將楊粟出關邀擊；又命戚繼光移駐一片石，伺間出擊。不久土蠻撤退；但是後來又與泰寧部酋速把亥會合於紅土城，分兵攻錦、義兩州，李成梁直搗紅土城，斬首四百七十餘人，土蠻才遠遁。

十二月二十四日，張居正在職守制期滿；在前一天神宗便命太監加以問候，並致送袍服、玉帶，命二十五日早朝後召見。由於萬曆六年大婚時，群臣一概加恩，居正因守制未預，至是吏部題請加恩，神宗降手諭，加居正太傅，歲加祿米一百石，原廕武職一男陞一級世襲；居正兩疏辭免太傅加祿，僅接受武廕進級的恩賚。

萬曆六、七年間，西藏活佛鎖南堅錯致書張居正，並餽送儀物，居正立刻修書答謝並加以問候；在中藏交通史上，這是件有趣的文件。此事的來由，在於俺答。萬曆六年，俺答糾合青把都（俺答胞弟昆都力哈之子）一部，大隊西行。當時盛傳土蠻部下同時出發，聲勢浩大，北邊頓時緊張。居正一面吩咐宣大總督吳兌勸導俺答早日回巢，一面吩咐陝西三邊總督郜光先、甘肅巡撫侯東萊妥爲布置。俺答到了甘肅境外，遇瓦剌部，受到襲擊，但依然抵達烏斯藏（西藏），拜見活佛。在這次會面後，俺答上書請求中國代爲建寺供佛、御賜匾額；同時又代西藏活佛請求「補貢」。「補貢」其實是請求增加中藏貿易額，俾西藏得到需要的資源。六年十二月，甘肅巡撫侯東萊，差人把鎖南堅錯的書信寄來，原書是西藏文，主要在請准封貢。這封信到達後，居正具奏，已在萬曆七年。之後，神宗賜絲綢、茶、米麵等給鎖南堅錯，並許其補貢。而俺答在活佛的勸導下，也東返其勢力範圍。居正除了希望藉此結好西番外，並希望俺答將擾亂甘肅境外的兩個兒子賓兔、丙兔帶回宣大塞外，以使甘肅安靖。

居正自從歸葬還朝後，對內對外都有相當的把握。北邊的敵人分散，俺答現在祇是一個外臣，替明朝約束韃靼部落；東北邊也仗著李成梁的威望，和遼東十幾萬大軍，大致上安全無虞。內政上，財政在戶部尚書張學顏的精心計較之下也有了基礎；黃河水患的問題，在工部尚書兼河漕總督潘季馴的主持下，也有了把握；吏治澄清了。但是居正的困難，卻正在不知不覺地加強。問題就出在神宗這位少年皇帝身上。

神宗十歲時對居正這位長鬚玉立的大臣，只知道是自己的監護人和老師。神宗覺得他可敬，有時不免也有點畏懼；但多數時，他覺得他可親。天熱了，看見老師在講書的時候，汗流滿面，神宗吩咐太監替他搧風；天冷了，看見老師立在文華殿的方磚上，寒氣森肅，神宗便吩咐太監們拿毯子把方磚蓋上，免得老師受寒。有一次，居正在上班的時候，忽然發寒熱，神宗趕忙自己調椒湯，給老師喝。那時神宗是個好孩子，對老師也殷勤體貼。

然而萬曆七年，他已經十七歲了，在早熟的環境裡，他已經娶妻，而且即將做父親。他早已是皇帝，現在更開始發現自己，他有他的意志。這種意志，慢慢導致了與居正的衝突，他以放縱自己與居正對抗，來表示他皇帝的身分。事實上他對居正漸漸開始敷衍，而不是心悅誠服。

萬曆八年正月，神宗下令考察外官，吏部尚書王國光請求不要限定日期，得到詔許，且命令註誤者可以從公辨雪。

這當然是居正的意見。

同月，吏部因為張居正任一品官已滿九年，例應考滿加恩，但是居正具疏力辭。

這年二月，潘季馴及江一麟所督造的治河工程完成，計共築高家堰六十餘里，歸仁集隄四十餘里，柳浦灣隄東西各七十餘里，堵塞崔鎮等處決口一百三十餘缺；又築徐州、睢寧、邳縣、宿遷、清江浦沿黃河兩岸的遙隄，計五萬六千餘丈，碭山、豐縣大壩各一道，徐州、沛縣、碭山、豐縣縷隄一百四十餘里。又建崔鎮、徐昇、季泰、三義的減水石壩四座，遷通濟閘於甘羅城南；而淮安、揚州間的隄壩也無不修築，總工程費共計五十六萬餘兩。完工報告上達，居正派給事中尹瑾勘驗，二月覆奏完成，潘季馴陞工部尚書兼左副都御史，加太子太保，廕一子。但季馴所得這個職銜是崇銜，並無實務，因此仍主管河漕事務。不久居正又覺得季馴督建河工多年，需要休息，因此與現任南京兵部尚書淩雲翼互調，由雲翼主河漕，季馴到南京養望。

三月，神宗奉兩宮皇太后到天壽山謁拜祖陵，居正也在參與之列，在扈從謁陵回京後，張居正認定是歸政的時候了，隨即上疏乞休，萬曆下旨不准，居正再上第二疏，決定不再赴內閣辦事。居正這次乞休，是醞釀已久的結果，他在給老師徐階、舊友李春芳及親家王之誥等的信上，都曾經表示過他想致仕的心情；又因為居正三弟居易過世，使他想回鄉的心情更加濃厚。但是萬曆皇帝及兩宮太后都不容許他走，派了一群太監、鴻臚寺官請來官邸催促入閣辦事。最後居正沒有辦法，祇得仍回閣辦事。

這次居正所以提出致仕，除了弟弟過世這一因素外，最重要的緣由可能是：他已經察覺到他與萬曆的摩擦已然擴大。他也許考慮到身家的安危，而且也覺得責任與抱負都可完結。明朝的制度雖說沒有攝政的立法，但卻有攝政的事實：英宗九歲即位，世宗十六歲即位，神宗十歲即位，都沒有攝政王或太后垂簾聽政的傳統，但是卻有大學士攝護的慣例。現在神宗已經十八歲了，早已超過了可以親政的年齡，居正覺得該退出。居正所以沒有決然地在丁憂時辭位，卻在守制期滿後不久乞休，乃在彼時志業未完。現在內政、外交、邊務、河工方面都已有了成績，自覺已無大憾，因此具疏請求回鄉養老。

在這次反對居正乞休的聲浪中，慈聖太后居於主導地位。她不願居正離開，畢竟她認為神宗不夠成熟，不能主政。慈聖太后是個嚴厲的女性，連她的父親武清侯李偉都畏懼她，有一次李偉做錯事，慈聖太后召見，將他訓誡一頓。神宗自然更不用說，不但隨時受她督責，也時常被罰跪，而且被囑咐：「要聽首輔張先生的話！」這次居正乞休，慈聖太后面諭神宗說：「與張先生說，各大典禮，雖是修舉，內外一應政務，爾尚未能裁決，邊事尤爲緊要。張先生親受先帝託付，豈忍言去！待輔爾到三十歲，那時再作商量，先生今後，再不必興此念。」太后對居正的信任是無話可說的，但是如此反而對居正造成困擾。試想：神宗會有什麼感覺？還要等十二年他才能完全自主，其內心必然極爲憤慨。居正事後說：「自是羈紲愈堅，憂危愈重矣。」又言：「付囑愈重，早夜兢兢，誠不知死所矣。」但是他現在竟沒有自全之策，眞是無奈。

萬曆八年三月，居正得到了喜訊，他的第三子懋修中了殿試第一。這一次主考是大學士申時行，禮部侍郎余有丁。主考閱卷，擬懋修一甲第三，進呈御覽。神宗看過後改爲第一，便是狀元。這一科，居正長子敬修也成進士。於是，居正六子中前三子：敬修、嗣修、懋修，至此都成了進士。第四子簡修，則以加恩授南鎭撫司僉書管事。

這年三月，南京兵部主事趙世卿上奏《匡時五要疏》，請廣取士額、寬驛傳之禁、省大辟、緩催科、開言路，都是針對居正的政策提出攻擊，引起居正不悅，於是有意加以重處；吏部尚書王國光說：「重罪加以懲處，適足以成就他的名聲！我來爲先生任怨。」於是貶世卿爲楚王府長史。

這個月，李成梁在遼東又有斬獲，敗迤東都督王兀堂的騎寇，斬首七百五十；因功授世襲寧遠伯。

閏四月，兩廣總督劉堯誨與廣西巡撫張任統兵蕩平獞族的叛亂，計斬首一萬六千九百有餘，將十寨獞民隸於賓州（廣州賓陽）統管。

七月，在京營任職，署部督僉事起後府僉書，負責訓練車營的俞大猷去世，贈左都督，諡武襄。大猷少好讀書，家貧，後來因爲父死，於是絕斷科舉的念頭從武，嘉靖十四年武會試中式，授千戶，守禦福建金門，此後參與剿倭，先後任浙江、福建、廣東、廣西總兵，歷有大功。大猷爲將廉節，馭下有恩；個性有奇節，以古來聖賢豪傑自期。他用兵先計畫再出兵，不貪近功；忠誠許國，任職所在都有大功勳，譚綸曾經在給他的一封信上說：「節制精明，公不如綸；信賞必罰，公不如戚（繼光）；精悍馳騁，公不如劉（顯）；然此皆小知，而公則堪大受。」其被譚綸推重可知。他一死，武平、崖州、饒平等地百姓，都爲他立祠祭祀。

這年八月，刑部侍郎劉一儒致書居正，討論時政。一儒是居正的親家，居正的女兒嫁給一儒之子戡之。居正在政治上的地位，此時可說已達登峰，一儒要他為政稍寬緩，信上說：「竊聞論治功者貴精明，論治體者尚渾厚。自明公輔政，立省成之典，復久任之規，申考憲之條，嚴遲限之罰，大小臣工，鰓鰓奉職，治功既精明矣。愚所過慮者，政嚴則苛，法密則擾，今綜核既詳，弊端剔盡，而督責復急，人情不堪，非所以培元氣而養敦渾之體也。昔皐陶以寬簡贊帝舜，姬公以惇大告成王，論治當代，矩矱後世，願明公法之。」然而居正沒有接受一儒的忠告。後萬曆初年的政局，終於留給人「精明有餘，渾厚不足」的印象。

由於朝廷大政一切有居正負責，十八歲的神宗閒得沒事做；四書、五經無須再讀，他便慢慢開始尋求消遣的娛樂。明代皇上住在乾清宮，宮中管事的內監稱為牌子太監；這時乾清宮的牌子太監是孫海，孫海看皇上沒事做，便引導神宗尋樂。剛開始時，孫海引導皇帝到皇城的別墅「西苑」舉行了一次極盡歡樂的夜宴。這裡有湖泊、石橋、寶塔，風景宜人，喇嘛寺旁所蓄養的上千隻白鶴點綴其間，使得在聖賢經傳和太后嚴格教育下長大的皇帝恍如置身蓬萊仙境。新的生活天地既經打開，萬曆皇帝開始厭倦紫禁城裡的日子，在西苑的夜遊成了他生活中不可或缺的部分。他身穿緊袖衣衫，腰懸寶刀，在群閹的簇擁下，經常帶著酒意在園中橫衝直撞。這年，在一次夜宴上，他興高采烈地傳旨要兩名宮女歌唱新曲，宮女奏稱不會，皇帝立即龍顏大怒，說她們違抗聖旨，理應斬首。結果是截去這兩名宮女的長髮以象徵斬首。當時還有隨從人員對皇帝的行動作了勸諫，也被拖出去打了一頓。全部經過有如一場鬧劇。

這一場鬧劇通過大伴馮保傳到太后耳中，太后異常悲怒，痛責自己沒有盡到對神宗的督導教育，她脫去簪環，準備祭告祖廟，廢掉神宗而代之以皇弟潞王。神宗跪下懇請母后開恩，居正也請慈聖太后給神宗改過自新的機會；在神宗長跪之後，太后才答應，並且吩咐居正代神宗下罪己手詔。

本來神宗判處孫海、客用等到南京孝陵種菜；居正和馮保商議結果，認爲孫海、客用處分太輕，上疏再求加重，充做淨軍，神宗祇好批准。其次馮保提出司禮監太監孫德秀、溫太，兵仗局掌印周海都有失職責，皆應定罪，其他內監一概責令自陳，切實整頓。這次居正的上疏，在神宗和居正的關係上，留下了重大的影響。在這次衝突裡，神宗在一邊，李太后、馮保、居正在另一邊。結果神宗失利，罪己手詔的反面是他內在的慚憤，成爲日後報復的張本。馮保利用自陳的機會，在宮廷排斥異己；居正直言干涉皇上宮壺起居的事，權限已超越大學士票擬諭旨的本分，神宗內心開始不滿，但礙於太后，不敢爆發。

張居正在未當國前，本已主張丈量全國田畝，以爲賦稅依據，在這一年十一月，終於由神宗下旨施行，限三年完成；丈量法用開方法以徑圍乘除畸零截補，這是西洋數學輸入的影響。戶部尚書張學顏又奏列《清丈條例》，於是豪猾之徒，無法欺瞞；里甲也不再有賠賦之累，小民也不再有代豪強應糧的事。由於用開方法計算，對於土地方圓、大小可以詳細計算，而張居正又很積極，有整體計畫的測量，所以測量結果還算差強人意；總計得七〇一三九七六頃，較孝宗弘治十五年（一五〇二年）所丈量數多出三百萬頃。但是丈量結果公布時，居正已經去世一年，他還沒有等到關心的事完成已經離開人間了。

由於民間的土地逐年集中在勳戚、官吏及大地主手中，他們又依靠社會地位設計逃稅，居正的理想是要地主們同樣盡國民的義務，然而也許是官員奉行不實，或爲博得愛民之名，加上縉紳的爲難，土地的數字未能完全如實呈現。因此在清丈結果的明細表上，祇有七省增加，而有六省減少。南北直隸所轄的二十八府州中，增加的祇有十六府州，如故的兩州，減少的有十府州。

這次清丈，田額增加最大的是北京府州、河南和山東，除此三處外，廣東也是一個高增加率的地區。居正從盜匪盤據的廣東，奪回民土，這點自然衆人皆知，因此廣東增加田畝，人人都能瞭解；但是居正自動貴盤據的北京、山東、河南，奪回土地攤還百姓，便引起權貴的不滿，因而便有以「掊克」爲說來攻擊居正的。所謂「掊克」意義略同「剝削」，然而是否剝削小民，事實難明；重要的是居正正面向權勢挑戰的用心，値得喝采！畢竟全國已經有百分之三十三的土地，操在皇親國戚及有爵祿的官員手裡，若要再向國家稅源所自的民田探手，是居正所不容許的。

十二月，因爲禮部尙書潘晟致仕，居正用刑部侍郎徐學謨接替，這是違例的一件事。本朝自弘治年間以來，禮部尙書非由翰林官上陞者不得任命，而今學謨並未歷官翰林，又未任職禮部侍郎，而以與居正友善，受到提拔，出掌禮部，本是不合法的，然而廷臣顧著居正的情面，無人敢提出異議。

萬曆八年，神宗與張居正的關係已經開始有了小裂痕，尤其在神宗遊宴事件發生後，居正代擬的《罪己御札》、《罪己詔》等，文句都太尖刻，待到萬曆自己抄發時，看著，想著，覺得這張居正簡直是故意拿他這個九重天子出醜。但迫於太后，他只得抄，心裡卻很生氣；然而他想到煩勞的國事，非得倚賴居正不可，故而還是不敢公然處置居正，衹得佯順太后，仍然尊重「元輔張先生」。

隨著時光流逝，慢慢地局勢有了變化，居正的處境也愈來愈爲難。

七、晚霞

萬曆九年，對張居正來說，該是重要的。正月，居正請全面推行一條編法；同時下令裁減北京各部院冗官，各部員工、主事以下，歸併兼管。不久又裁直隸、應天、鳳陽、浙江、福建、江西、陝西、延綏、鄖陽、南贛、貴州等地府州縣官職，凡一百六十餘員。

所以要推行一條編法，用意在察覈賦役。

明代初年田賦制度最大的缺陷，在於科則太繁，等則上下相差太遠，最低畝僅須繳三合一勺，重租畝有些高到繳八升五合五勺，而且還有官、民田之別；官田一畝最低要繳五升，高的有徵七斗五升，甚至一石以上的。於是規避重稅者競謀混亂圖冊，至有變官田爲民田，使無田者代負虛稅，國家稅入也因而減損。在宣宗宣德、英宗正統時，已經有均定官民田則的要求，但沒有辦理；到嘉靖年間，才有歐陽鐸的「徵一法」，官民田的科稅始略相近。

而明初役法，以里甲爲基礎，每一里百戶，選其中十戶，各值一年差役；然而役有輕重，戶也有上中下之分，都由里甲長與吏胥編配。但是十甲中，甲與甲之間，丁口資產不可能一樣，因此甲與甲之間負擔不能平均；就是在每一甲之內，丁量資產形態也不一樣，編查很難如實；里甲、吏胥，由是往往優容大戶，而攤派差役予小戶。因此又出現均役的「鼠尾冊法」。

徵一法主要在改革田賦，鼠尾冊法主要在改革役法，雖然都有化繁爲簡的趨勢，但賦、役仍然是分開的，不過也已有了賦役合一的傾向。當時又有所謂「綱銀法」、「一串鈴法」及「十段錦法」，都在簡化賦役，但是擾民仍然存在。於是有「一條編法」的出現。

所謂一條編法，就是將一縣的差役，完全由州縣官募人充當；而就僱力差的工錢飲食，加以核算；總額決定後，按照百姓繳納糧賦的比例，派入糧賦中，一起繳交。簡單地說，就是明政府對於各州縣的田賦、傜役，以及其他雜稅合併徵收銀兩，計畝納收，編爲一條，故名「一條編」，俗稱「一條鞭」是假借聲音之稱。

一條編法的施行，並不始於萬曆年間。早在嘉靖十年（一五三一年），已有御史傅漢臣奏言，「頃行一條編法」之說。這年，南京（即南直隸，轄今江蘇、安徽兩省）的寧國知縣甘澧，已經實行一條編法。嘉靖四十年，都御史龐尙鵬奏准在廣州府從化縣等處，推行一條編法；而約在同時，海南島也實行條編。嘉靖四十五年，已任浙江巡按御史的龐尙鵬又在浙江推行此法。隆慶三年，應天巡撫海瑞已在江蘇、安徽兩省全面施行條編；隆慶四年，江西巡撫劉光濟也在江西全面推動；是年十月，龐尙鵬爲福建巡撫，又在福建推行。然而由於南北經濟形態不同，在北方推動不起來。北方因爲土地較瘠、產量較薄，因此若將力役之費加入田賦，無形中負擔便加重；而南方則不然，土地肥沃、產量豐富，又比較少乾旱之災，將力役折算金銀攤入糧賦後，負擔反而減輕，而且可將力差的時間，轉而從事工、商業或走私貿易。因故當一條編法初行的時候，在北方諸省所遭遇的阻力最大。然而，在嘉靖、隆慶年間，甚至萬曆初年，一條編法還衹是試行階段，屢行屢廢。

萬曆四年，張居正在考量諸位撫按使行條編之後，發現此法極爲簡便，將條編推行至湖廣，以後又經過幾年的推廣，大約最遲在萬曆九年，各省都已通行此法了，於是詔旨通行全國，列入常規，於是一條編法遂成爲明清的法制。

條編法實行後，對於百姓稅負的減輕用處極大；雖然有它的缺點，大體上說來，實是一個極大的進步。徐希明《平賦役序》便提出此法的優點：「大抵此法至公至平，但便於小民而不便於貪墨之官府，便於貧乏而不便於作奸之富豪，便於里遞而不便於造弊之吏胥。」貪官污吏、富豪奸民於是失去剝削小民的機會，小民由此而得到喘息。

這次的財稅改革，在紓解民困上也有一定的貢獻，尤其在節省民力上面。明代的力差，如庫丁、門皂、防夫、禁子、弓兵，由於事至繁雜，愈到後來愈是擾民。另外又有銀差，就是要百姓出錢，為政府出柴薪香火、養馬等，後來地方官便常藉口銀差，向百姓敲詐；加上秀才的供養都由百姓出錢，使得貧民甚至典妻鬻子，傾家蕩產。現在他們才得到解放，獲得休息。尤其對驛站沿線百姓恩惠最大。本來居正的改革驛遞已使馬驢夫、水夫等夫役，免除科擾賠累之苦；到一條編法實行以後，差役中賠累最重的館夫、庫子、斗級等役，亦一律改為納銀代役，不用親自當差；其他防夫、門子、扛轎夫等，雖在舊時尚無重大的苦累，然而一條編法改力役為納銀，小民下戶，只須年出役銀數錢，即可免於奔走官府，荒廢田畝，仍是一大惠政。總之，一條編法在改善賦徭制度之外，更能有大惠於小民，這是居正通令全國推行的貢獻。

而明代賦稅的性質自此有了兩大變化：其一便是由對人稅轉入對物稅，其二為由實物稅轉入貨幣稅。自此而後，中國稅制始進入近代的形態。

在居正通令行一條編法之後不久，又擬旨請考察京官。吏部尚書王國光揣度居正的意思，將吳中行、趙用賢、艾穆、沈思孝、鄒元標五人列入察籍，禁錮終身永不錄用。而南京考功郎中李己，也同南京吏部尚書何寬置國子監司業張位、楚府長史趙世卿於察典。國光這個人向有才智，當初主掌戶部，對於財政多所建樹；及為吏部尚書，為了討好執政，聲名於是大不如前。這次察典之後，給事中商尚忠上疏彈劾，攻擊國光銓選有私；本為給事中，因考察而外放為河南僉事的張世則，也彈劾國光黷官貪污。國光上疏申辯，請求致仕，經神宗慰留再三；並且斥責世則挾私報公，貶其為儀眞縣丞後，國光才繼續任職。

二月，張居正請翰林院的詞臣們，從歷代諸帝的《實錄》和明太祖的《寶訓》中選擇一些資料，分別歸類，編成《謨訓類編》這一套書，共分為〈創業艱難〉、〈勵精圖治〉、〈勤學〉、〈敬天〉、〈法祖〉、〈保民〉等四十類，在皇帝經筵之餘，由講官進講。這是居正的苦心，為的是不讓萬曆再耽於玩樂，希望藉此收回他的玩心，但是效果如何則不可知。

三月，黑石炭、以兒鄧、小歹青、卜言兔入犯遼東，遼陽副總兵曹簠加以抵禦追擊，但在長勝堡遭到埋伏，損失千總陳鵬以下三百一十七人，戰馬死四百六十匹。敗報奏聞以後，曹簠論罪下獄，但是不追究總兵李成梁。

四月，戶部尙書張學顏再進呈《萬曆會計錄》。所謂會計錄約同於今日的國庫歲出歲入總表，學顏本人精於掌管財務，居正深爲倚任，這次的進呈，是他自萬曆六年七月接掌戶部以後，在任兩年半的成績。實際上，他與前任尙書王國光，都是萬曆初十年間，國家號稱富庶的功臣。然而張居正對於專才的重用，實也功不可沒。

這個月，兵部尙書方逢時致仕，萬曆特別書寫「盡忠」兩個大字賜他。方逢時與王崇古兩人，對於本朝北方的安寧貢獻極大，如今先後致仕；將才能臣的衰邁本是無可奈何的事，新陳代謝也是應該的，於是兵部尙書的缺由薊遼總督梁夢龍繼任。居正仍然遵守高拱所立兵部與邊鎭互調的原則，以兵部侍郎吳兌爲薊遼總督。

五月，居正奏請盡賣民間種馬。他的看法是自宣大、山西三處的馬市開市以來，中國所得的饒馬已足，民間養馬已無必要，因此奏請盡賣種馬。

明代爲了防北方的韃靼、瓦剌，有馬政制度。除了公家的御馬監、太僕寺、行太僕寺、苑馬寺養馬外，還有民間孳牧，也屬太僕寺管轄。明代馬政的兩大基石，是種馬和草場，草場尤其重要。英宗以後，宗室、后妃、內侍和勢豪之家侵占牧馬草場，引起了劇烈的草場耕地化運動，導致牧馬草場的缺乏，馬匹缺乏良好的生活空間，質和量都下降。弘治六年（一四九三年），定兩京太僕寺種馬額數爲十二萬五千，變賣瘦弱不堪的多餘種馬，希望能年解兩萬五千匹高大戰馬，由於牧馬不得其地、不得其人及其法，效果極微。正德二年（一五〇七年）改解馬爲買馬，政府只管徵駒折銀，不管種馬，種馬失去存在的價值；從此，軍馬依賴馬販和外人。

自正德二年改解俵爲買俵，正式否定種馬地位以後，種馬可有可無；隆慶二年（一五六八年），朝臣以爲既然如此，不如變價，於是決定半賣種馬；到這年居正索性建議全賣了，馬價得七十三萬兩，歸太僕寺保管，專備買馬之用，而且每年徵草料銀一兩，也作助買之用。如此一來，太僕寺銀驟增至四百多萬兩。國庫雖然增加，但是馬政因此大爲敗壞，從此戰馬端賴外人，形成一大缺憾。

這年九月，居正開始感到身體不適，可能是起於腸胃炎。萬曆與兩宮知道後，特遣御醫診視，並給假調養，在宅辦公。到九月底病情才穩定下來，神宗要他在十月秋涼之後，回閣辦事；但是居正一直又續假了十餘日，才回閣辦公。由於體力衰邁，他愈來愈想退休，在給王之誥、耿定向、吳百朋的信中，他又提到想致仕的心情，但是兩宮、皇帝及全國環境都不容許，他只得拖著病軀，掙扎理政。

十月，張居正自歷官一品以來，除去在京守制的歲月，已經十二年，考滿照例自陳，請求解職；神宗隨即詔令復職，命吏部、禮部議擬恩例，不久神宗傳旨，支給居正伯爵祿，加上柱國太傅，舊官如常，賜宴禮部，廕一子做尚寶司司丞。居正上疏辭免，結果神宗強居正晉太傅，其他一概准辭。

十一月，四川總兵劉顯與致仕的宣府總兵馬芳，先後去世。劉顯早年落魄，有一次在一家破祠堂上吊自殺，賴神的庇護，繩斷摔得鼻青眼腫，得以不死；因為生來膂力驚人，後來從武，一生歷大小戰役無數，著有功績，但有一個缺點就是不守法度，豪邁率性，因此常遭譴責。

馬芳一生更為傳奇，十歲時被俺答部將所擄，叫他放牧。自以彎木為弓，削木成箭，竟在一次從俺答出獵時，射死一隻在他前方的猛虎，俺答很高興，授以良弓、良矢以及良馬，侍衛左右。不久逃回明帝國境內，此後身當對抗俺答的前線，自隊長做起，十餘年而身居武官最高階的總兵，擅長以寡擊眾，而未嘗不捷，擒韃靼部長數十人，斬馘不可勝計，威名大震於邊陲，為一時將帥之冠。

萬曆十年春天，寒風尚在塞外逗留的時候，俺答死了，這時才二月，雪還飄著。

俺答一死，張居正吩咐沿邊督撫靜以待動，最後由黃台吉襲封順義王，三娘子仍嫁黃台吉，於是韃靼的領袖問題順利解決，沒有引生事端。

二月，居正疏請免追繳萬曆七年以前，百姓所未完納的稅負一百餘萬兩。這是財政穩定、充實後的一大德政。在財政未上軌道前，居正嚴追舊欠；現在已經充實，不妨蠲免積欠。這是他量出爲入的政策。

三月，浙江發生兵變。兵變的起因是：浙江巡撫吳善言奉詔裁減東西二營兵士月餉，就在三月，東西二營兵士起鬨，以馬文英、劉廷用爲首，將巡撫吳善言縛綁起來，毆打洩憤。張居正推薦兵部侍郎張佳胤，改調浙江巡撫。佳胤推薦河南游擊徐景星同行，於是改調景星到浙營隨行平亂。

四月底佳胤匆匆趕至浙江邊境，甫入境，在路上又聽到杭州民變的消息。在偵知兵變、民變未合流後，佳胤在五月初不動聲色抵達杭州，佳胤先問民變緣由，下令廢除不合理的措施，但亂民見此以爲可以要脅，更加囂張，殺人放火，益形放肆；佳胤見以禮不行，便改用兵壓，吩咐游擊將軍徐景星諭告二營兵士，要他們平民亂贖罪，亂民抵不過營兵，被逮一百五十人，佳胤斬其中三分之一以示衆，並召馬文英、劉廷用來領冠、帶等賞賜。不久，密令將兵變首領七人逮捕，併同馬、劉二人處斬，而開赦諸營士兵，於是二亂平定。這是佳胤的謀略成功，也是居正慧眼的成就。

三月間，泰寧部長速把亥率領其弟炒花及兒子卜言兔，入寇義州。李成梁埋伏在鎮夷堡以待；速把亥殺過來，參將李平胡射中他脅間，速把亥落馬，李成梁的家奴李有名衝上去，一刀砍下速把亥的首級；泰寧部衆見酋長被殺，大亂狂奔；成梁又追斬一百餘級，炒花痛哭而去。於是爲患遼東二十年的邊患，終於解決。捷報傳達北京，神宗大喜，詔賜成梁建第京師，廕一子世襲錦衣指揮使。

雖然國事不中斷地順利推衍，但居正的身體卻已日漸老病。這年二月，居正又病，最初斷不出是什麼病症，後來才知道是痔瘡；延請名醫割治後，居正請假在私人寓宅中處理國家大事。由於年來多病，他想退休的意念更加濃了，在給老師徐階的信中，他提到要在秋天乞骸回鄉。

由於想到徐階對他的厚恩，居正上疏請求優禮耆碩，派遣使者存問，量加賞賜，在疏中居正並稱述徐階的大功。萬曆得疏後，隨即派人到江南存問徐階，加以賞賚。這一年徐階已經八十歲了。

居正想起老師的生日在九月二十二日，雖然還有半年多，但他預先要吏部侍郎許國代擬壽序；但是許國的序他不滿意，便在病中掙扎著自己作了一篇，其中將當政十年的功績，歸功於老師的養成教導。然而當徐階看到這篇壽序時，居正已經去世足足三個月，第二年徐階也相繼去世。

自這年的三月以後，居正一直在家處理公文，但是病情始終沒有好轉，由血氣虧損，進而脾胃衰弱，最後轉成不思飲食，四肢無力，寸步難移。

到了四、五月間，病體纏綿，居正作了一些怪夢：夢見萬曆派他持節往祀女神，居正甦醒後，記不起所祀何神，自度女神之貴者，莫如泰安仙妃，竟派兒子嗣的前往祭祀。居正雖然已經病重到如此地步，但稍微重要的公事，張四維還是不敢專擬，一切送到居正病榻面前，聽候處分。

就在五月，朝廷因福建巡撫勞堪的疏請，減免至聖先師孔子及宋儒朱熹、李侗、羅從彥、蔡沈、胡安國、游酢、眞德秀、劉子翬，以及故大學士楊榮的後裔賦稅。

六月初一，日蝕；初四以後，彗星在天空出現，居正上疏請求退休，但是神宗不准。十二日，因著遼東鎮夷堡大捷，勘驗屬實，上諭分別論功，進張居正太師，加祿歲二百石，廕一子由錦衣衛指揮僉事進世襲同知。以前居正遇有恩賜，他照例三辭四辭，這次他已經昏聵，無法措辭堅辭了。有明一代，在生前得太師銜的，只有三人，在張居正之前有太祖時的李善長，在其後則爲熹宗時顧秉謙；但李善長的加稱太師，是以之爲致仕前的撫慰；顧秉謙的晉爲太師，與李善長相同，且完全出自魏忠賢之手，都與居正不同。

這月十二日之後，居正病勢更重，他勉強提筆，做垂死前的哀鳴，要神宗准他生還鄉里，但上諭還是「宜遵前旨，專心靜攝，以俟痊日輔理，慎勿再有所陳」。

六月十八日，眼看居正已經不行了，神宗派人詢問身後大事，在昏迷之日，居正推薦潘晟、余有丁、梁夢龍、曾省吾、張學顏、徐學謨、許國、王篆等人可大用。不久神宗令潘晟爲禮部尙書兼武英殿大學士，余有丁爲禮部尙書兼文淵閣大學士，入閣辦事。

六月十九日，居正病勢已經非常嚴重。神宗再派太監慰問，順便詢問身後的措置。在昏瞶沈迷當中，居正已經口齒不清。

第二天，六月二十日，居正捨棄了十六年的大學士、十年的首輔生涯，和六千多萬的人民，死在北京的寓所，遺下七十餘歲的母親，三十餘年來的伴侶，六個兒子，六個孫子。他一生爲國家做出了重大的貢獻，卻在五十八歲不算老大的年齡死去，這時夏天才剛來臨。

神宗得到居正病歿的消息，下詔罷朝數日。兩宮皇太后、皇上、皇弟潞王，都有所賜，並命司禮太監張誠監護喪事。

最後，贈上柱國，賜謚文忠；予一子尙寶司丞；賜祭十六壇。居正靈柩將發的時候，內閣張四維、申時行、余有丁疏請派員護送，隨即派太僕少卿張鯨、錦衣衛指揮僉事曹應奎護送回南。

趙太夫人也在同時南回江陵，護送的是司禮太監陳政。

江陵的風景依昔，三十六年前，一個年輕人從這裡入京會試，成爲新科進士；三十六年後，這個年輕人死去，歸葬江陵，已是功業彪炳的張文忠公。

八、入夜

當太陽隱沒在地平線下，緊接而來的除了短暫的霞光，便是黑暗的長夜。張居正帶著平生的事業與理想入土，餘下來的卻是無盡的恩怨與是非。

神宗賜張居正的諡號是「文忠」，在明代，「文」是曾任翰林者常有的諡號，而「忠」則是特賜，據《諡法》解：「危身奉上曰忠」，在賜諡的時候，對於居正的事功原有確切的認識。原來，明代諡法用字是有高下的，在「文」字一組中，「文正」是第一諡；在「武」字一組，「武寧」是第一諡；而在「忠」字一組，「忠文」是第一諡。張居正的「文忠」諡號在「文」字組中排名第四，次於「文正」、「文貞」、「文成」，可說顯赫了；但是居正身死未久，反對的聲浪便如海嘯般掀起，他的顯赫隨之也被吞噬了。

反對的聲浪是由中官所發動，起初是針對馮保的，這時張誠、張鯨已經回到宮廷，開始對馮保展開反撲。首先便自曾經在內書堂教過馮保，而經馮保推薦入閣的潘晟下手，御史、給事中迭起彈劾潘晟，潘晟本已致仕，當時正由戶籍地浙江新昌出發準備上京入內閣辦事，祇得中途上疏請辭內閣大學士職；那時內閣首輔是張四維，四維在張居正的窒壓之下，一直很沈默，如今才出頭，潘晟的來頭他不是不清楚，一旦入閣，他與馮保一唱一和，必會把他壓下去，於是擬旨准其辭退，因此潘晟入閣一事，也就和他的入京一樣，半途而止了。

不久，張四維和曾省吾、王篆等發生衝突；接著御史江東之、李植上疏直指馮保十二大罪；神宗寵信的內監張誠、張鯨更在神宗面前暗算馮保，他們深知萬曆愛錢，便不斷在萬曆耳邊叨念馮保如何富有，甚至說馮保家資饒富，超過皇上。萬曆的貪欲被他們大大煽起，隨即逮捕馮保，十二月發往南京安置（長期軟禁）；同時梁夢龍、曾省吾、王篆等一概勒令致仕。在查抄馮保家產之餘，得金銀一百餘萬兩，珠寶無數，神宗開始領略到抄家是賺錢的好方法。

馮保除去，神宗開始報復張居正。居正整頓驛遞，現在官員不得任意乘驛的禁令取消；居正用考成法加強六部的辦事效率，現在便廢除考成法；居正裁汰冗官，現在冗官一律復職；居正嚴令不得濫廣生員，現在學額一併從寬；乃至居正嚴守世宗遺詔，外戚封爵不得世襲，以後也概許世襲。居正所用的人才也一一罷免，自然戚繼光、李成梁也屢被參劾，但萬曆皇帝原諒了李成梁而把戚繼光革職，最後戚繼光在貧病交迫中死去。

居正的政策被推翻後，不久便遭清算。萬曆十一年三月，詔奪居正上柱國、太師銜，再詔奪「文忠」謚號，居正身歿至此，才僅僅九個月。

當初張居正病重時，北京各部院爲他建齋祈禱，南京、山西、陝西、河南、湖廣，半個中國都在爲這位功業彪炳的首輔祈禱；現在風向轉變，御史、給事中都排隊盡力攻擊張居正，以報效神宗；而爲了滿足萬曆的貪欲，張鯨等人開始引誘著他再向張居正下手。他們替居正大加吹噓，說他比馮保可又闊多了。萬曆被馮保這塊肥肉已經引得胃口大開，這次更毫不猶豫便同意了。以御史羊可立追論居正構陷遼王憲㸅、侵沒遼府財寶爲藉口，在萬曆十二年四月詔令查抄居正家產，且爲防止錢財走漏，聲勢、步驟也比抄馮保的家時要緊密得多。萬曆更派了曾被居正貶斥的司禮監張誠、刑部右通政丘橓二人爲首，率領錦衣衛指揮、給事中等前行辦理查抄事宜。雖然吏部尙書楊巍、左都御史趙錦上疏諫止，但一點也沒起作用。在丘橓等首途前，內閣首輔申時行（張四維已在萬曆十一年四月丁憂致仕）、大學士許國及翰林院左諭德于愼行等，也捎信請他們不要造成冤案，但同樣沒有得到尊重。張誠等人還沒趕到江陵，地方官便已先到張府點驗了人口，把他們都鎖在一些空房間裡，封了門，不許隨便出入。等張誠到時，開門察看，因為缺乏食物而餓死的已達數人之多。而在查抄之餘，共得黃金一萬餘兩，白銀十幾萬兩，比預計要抄的少太多，張誠感到無法交差，丘橓便將居正長子、正丁憂在家的禮部主事張敬修嚴刑拷打，逼他誣稱還有三十多萬兩銀子寄在曾省吾、王篆和傅作舟家中，張敬修受不了拷掠，祇得誣服，但當天晚上即自殺身亡，留下一封千餘字的血書；三子懋修投井沒死，絕食也沒死成，僥倖地保全了性命。

敬修這一死，驚動朝廷，首輔申時行和六部大臣疏請寬宥；刑部尚書潘季馴並說：「居正老母年紀已逾八旬，早晚且死，乞請特別給予恩典！」神宗才發了一個很小的慈悲：下詔特留空宅一所、田十頃，以贍養她老人家。而且頒了一道上諭了結遼府一案，在上諭中說：「張居正誣衊親藩，箝制言官，蔽塞朕聰，私占廢遼田畝，假以大量遮飾，騷動海內，專權亂政，罔上負恩，謀國不忠，本當斲棺戮屍，念效勞有年，姑免盡法。伊屬張居易、張嗣修、張書、張順，俱令煙瘴地面充軍。」這就是神宗給張居正一生的總結。

於是居正的家族破散，到神宗死後，熹宗、思宗才給予平反。懋修中狀元時年二十六歲，崇禎七年死時，已經八十歲，在事功上他沒辦法有所表現，但是居正的《文忠公張太岳先生文集》四十六卷，大半是由他蒐集而成的。

允修在萬曆十年回江陵應鄉試，適逢居正病歿北京而丁憂，不得入闈考試，留下終身的遺憾；崇禎年間發還居正文廕，才廕得尚寶司司丞一職。崇禎十七年張獻忠部將攻入江陵，要允修出來任僞官，允修自殺，時年七十五歲。

居正的曾孫張同敞，在崇禎十五年奉詔慰問湖廣諸王，順道往雲南調兵，事畢正欲還京覆命，而北京已入滿清之手，不久南京亦陷，走往投靠唐王，唐王復同敞錦衣衛指揮世廕，遣往湖南向何騰蛟調兵；在途中又聞唐王被清軍執殺，同敞百感交集，在悲憤中到廣西投隨永曆帝，經過瞿式耜的推薦，永曆帝授以兵部右侍郎，總督諸路軍務。同敞文武雙全，意氣慷慨，每次出師輒一馬當先，然諸路將領常擁兵不服號令。永曆五年（一六五一年）清兵攻入廣西，桂王避往梧州，桂林兵潰，諸將敗逃，獨瞿式耜不退，張同敞由靈川走桂林與瞿式耜死守，第二天同時被執，囚禁四十餘日，永曆五年閏十一月十七日被殺，受刑時著明朝衣冠，面不改色昂然就義；頭顱落地時，身子向前躍起三步方始倒下。同敞死前留下詩兩首，其一爲〈自訣詩〉：

彌身悲歌待此時，成仁取義有天知。

衣冠不改生前制，姓字空留死後思。
破碎山河休葬骨，顛連君父未舒眉。
魂兮莫指歸鄉路，直往諸陵拜舊碑。

其二為〈自誓詩〉：

翰林骨莫葬青山，見有沙場咫尺間。
老大徒傷千里驥，艱難勝度萬重關。
朝朝良史思三傑，夜夜悲歌困八蠻。
久已無家家即在，丈夫原不望生還！

同敞之妻，於流寇陷荊州時，獨負張家七世神主牌位，間關赴粵，備歷艱險；迨至桂林時，同敞已經成仁了，在傷悲之餘她也跟著殉節。同敞死時距張居正之歿適七十年，明入於滿人之手已六年，張居正的功過仍縈繞在遺老心中，但河山已非！

【下 篇】

是非爭議

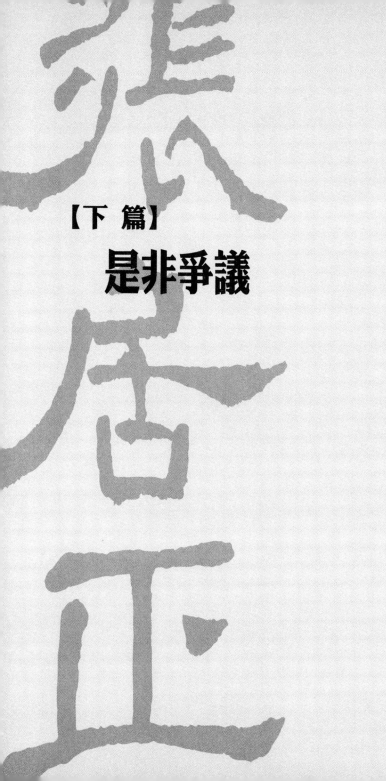

一、明朝對張居正的褒貶

清乾隆年間，《四庫全書》編者在評定《文忠公張太岳先生文集》時，曾說歷來對張居正的看法是：

毀譽不定，迄無定評。

這句話，不僅可以說是萬曆以降直至乾隆年間，對於張居正評價的總結，其實也可當做乾隆以後，延至今日，對於張居正歷史地位評價的略語。

追溯張居正的生平，其少年時期的幼聰早達，固爲人所豔稱；及入仕之後勤學廣交，亦蜚聲播於翰林院中。但這都無關毀譽，値得一提的是：在翰林院的十六年中，張居正所學到的治國之道，與其所結識的朋友，對於其後他的當政，是一股助力。及其歸田養病，與世懸隔，家庭的殷望，師友的憐愛，自必在所難免，而社會對他初則無毀譽可言。正如民初佘守德氏在所著《張江陵》中所言，蓋因其正在功業孕育及挫折的時期，學問固未顯見，功業也未見張弛，名望更未確立；他既未成爲社會中的中心人物，社會對他自亦無所謂毀譽。

嘉靖三十六年，張居正復出，爾後爲裕王侍講，奠定了以後入閣的基礎，及裕王即位爲穆宗，經徐階的援引推薦，終於以禮部左侍郎兼東閣大學士入閣辦事，政治聲望因之大進。

然而隨著其政治生命的發達，其所受的謗讟怨尤也隨之與日俱增。爾後，其功業愈進愈隆，其所受的攻擊也愈演愈烈。事實上，人性有攻擊權威的傾向，張居正的遭受攻擊實可以理解。

佘守德在《張江陵》文中，曾舉出張居正在朝時所受攻擊有六種形式：

第一種形式是「因畏而毀之者」。事緣於張居正初入閣時，因其「獨引相體，倨見公卿，無所延納，間出一語輒中肯，人以是嚴憚之，重於他相」，即是說張居正有令人生畏的氣質，鮮與朝臣應酬，加上他論事不論人，語出驚人，更令人敬畏。以此而爲性情不同者所不喜。

第二種形式是「因忌而毀之者」。此乃因張居正在內閣，以綜覈名實、信賞必罰爲其政治主張，而遇事有所執持，遂與同僚李春芳、趙貞吉、陳以勤、殷士儋等多不和，物議於是漸起。

第三種形式是「因疑而毀之者」，主要是高拱的問題。由於高拱得罪馮保而去職，高拱疑心是張居正所主使，於是積其怨毒而對張居正切齒不已，雖至病榻彌留，猶不忘此事，仍述《病榻遺言》以誣陷。其實此段是非，非張居正一人的事，而《病榻遺言》的可靠性，今人黃仁宇在《萬曆十五年》一書中，已指出其中疑點。

第四種形式是「藉口尊儒以毀公者」。洎自張居正柄政起，由於他反對一般儒者所爲因循寬縱的設施，力以綜覈名實爲己務，因之好談寬大的儒生、習尙自由的僚屬，都深感不便，於是遂群起而攻之，此起彼落，歷久不衰，只因居正對儒家學說看法有異而起。

第五種形式是「藉口名教以毀公者」，乃指奪情議起，吳中行、趙用賢、艾穆、沈思孝、鄒元標等，因名教綱常而攻擊張居正，或言奪情而爲失守本分的舉動，或詈張居正是「禽彘」（鄒元標語）。

最末一種形式是「藉口專擅以毀公者」，此中因果，頗難言其是非，大抵在明代士人眼中，張居正是專擅的權臣，固然其功偉大，但閣臣掌權在法制上既已不合法，加上他爲政以法，嚴正不貸，更讓人不悅。張居正是有缺點，但抨擊他的也並非事事依理，間亦有護持己利，徇私而意氣爲之者。總之，爲政畢竟有長有短、有得有失，張居正的主張、做法也不能令人全然瞭解與同意，有批評，自是極正常的。

佘守德論張居正時，也指出張居正因看法與文官集團及社會意識相衝突，而遭怨尤，並致死後蒙冤：

> 試考其致謗之由，則公之厲行法治，綜覈名實，賞罰嚴明，不少假借，在公視為施政要圖、救國急務者，顧以因循玩愒、積弊已深之社會當之，安往而不大相鑿枘、群起而攻者乎？是以嚴辦盜賊而盜賊怨，痛懲豪右而豪右怨，戒飭士子而士子怨，裁汰冗員而冗員怨，譴責言官而言官怨，督促僚屬而僚屬怨，糾察閣僚而閣僚怨，控制宦官而宦官怨，抑制外戚而外戚怨，更上而教導君主而君主亦怨。至是舉國之朝野上下，幾無一非怨公之人，公乃以一身而為眾矢之的。下焉者，怨毒所中，謗毀固隨之而生；上焉者，怨毒所加，禍患且因之而起。因之公歿未及兩年，僉人宦官張誠其人者，乃以公家擁有多金，故聳神宗之聽聞，神宗亦以心豔公家多金而予以籍沒。於是公遂以蓋世之大勳，而蒙削官奪諡之冤，幾罹身後戮屍之禍，嗚呼！

在萬曆元年至十年這當中，神宗與張居正關係最密切，雖然最後萬曆皇帝給張居正下了「不忠」的結論，但是在這十年間，神宗對於張居正一直是屢加讚譽，並肯定其苦勞；在歷次給張居正的敕詔、聖旨上常充滿嘉勉的詞語，茲舉例如下：

卿精忠可貫天日……先生盡赤心以輔朕，不辭勞，不避怨，不居功，皇天后土祖宗必共鑑知。（萬曆四年手敕）

今四海昇平，四夷賓服，實賴先生匡弼之功，精忠大勳，朕言不能述，官不能酬；惟我祖宗列聖，必垂鑑知，陰佑先生子孫，世世與國咸休。（萬曆四年手敕）

天降先生，非尋常可比，輔朕沖年，莫大之功，自古罕有。（萬曆五年手諭）

元輔張居正，輔朕沖幼，攄忠宣猷，弼成化理。（萬曆五年聖旨）

（卿）夙夜在公，忠勤彌篤，殊勳茂績，中外所知……卿之所處，實為恩義兩盡，足以垂範萬世。（萬曆八年聖旨）

元輔受先帝遺命，輔朕十年，精忠大功，冠於先後。（萬曆九年聖旨）

朕自沖齡登極，賴先生啓沃佐理，心無所不盡，迄今十載，四海昇平，朕垂拱受成，先生真足以光先帝遺命。（萬曆十年問病手敕）

但若說這些是神宗的意見，倒不如將之視爲慈聖太后的嘉許來得貼切。神宗早年在政治上並非居於主導地位，太后才是實力所在，高拱的去職有大半原因是觸怒太后，而張居正之所以能掌政十年，也就因爲太后對他的賞識與支持。實際上，太后對張居正信任有加，對於他的才幹也極欣賞。

萬曆四年，劉臺因張居正責其上公文不合程序，心中不快，上疏直數張居正之過以洩恨，此疏大抵可以做爲當時對張居正的評價。因此疏極長，擇其要點，綜合起來大約有數點：

㈠責張居正擅權，自居宰相，違反太祖廢相的本意。換言之，即是說張居正是權相。

㈡責張居正進用私人，如張四維、張瀚未經廷臣共推，而分別陞任大學士與吏部尚書，違反祖制「內閣冢宰，必由廷推」之法。質言之也是指斥其爲越權。

㈢指出張居正創爲考成法，以內閣糾六科，以六科糾六部，造成內閣權威大漲。

違反祖制：依祖制閣臣只備顧問之意，而今脅制科臣，易言之，同樣指其越權。

㈣指張居正摧折言官，排除異己。

㈤言張居正爲固寵而取媚太后、誣陷遼王等宗藩、魚肉鄉里、貪污而富甲全楚等。

劉臺此疏在某方面言之，有其價值，可惜因有意氣、推演之詞，而失其權威性；大致來說，第㈤項所言多言過其實。惟此疏雖假公濟私，仍有得其實情之處，權臣之說，於法理上言是沒錯的，但劉臺的用心不是就事論事，是蓄意以祖宗的影子來壓張居正。越權之舉在法理上來說，張居正也無法辯護取勝，但張居正立意並非如劉臺所說——刻意違背宗法，而是在挽救政治散漫的風氣。劉臺所舉固有其理，但無法免去私意。

「奪情」一案爲明史上重大事件，也是居正本人受到物議最多的地方。萬曆五年鄒元標上奏章彈劾張居正，在譏評張居正戀位的同時，也對他的政治措施提出異議。他給張居正的評價是：

才雖可為，學術則偏；志雖欲為，自用太甚。

換言之，對於張居正的才能與志氣猶予認定，但對於張居正的學術與性情則不敢苟同，認為他偏急、自負。

鄒元標疏中又指出張居正措施「乖張」：整理學政，限定州縣每年生員，僅能取十五、六人，以致學官奉行過甚，因此名額更少，有僅取一人的，因此言其首項稗政是「進賢未廣」。其次因為張居正嚴刑獄，死刑犯例不特赦，有司執行唯恐受到怠政的處分，數必以多為勝，導致冤獄，故鄒元標言其失政之次為「斷刑太濫」。又指出其對於臣僚無容言之量，「有今日陳言而明日獲譴者」是為「言路未通」。最後又指責張居正對於黃河氾濫未盡全力施救，是「民隱未周」。

總括鄒元標所言，前三項：「進賢未廣」、「斷刑太濫」及「言路未通」，大約是實情，而「民隱未周」一項，殆非如此。鄒氏此番評論與劉臺相比，較為公允。但必須一提的是，張居正為政治上的決策者，執行上的缺失，不能全部要求他負責。不過，鄒元標指出張居正為政過嚴，衍生出一些不良的後遺症，是頗正當而合理的。

張居正在朝主政十年，別人對他的批評頗多，認定也各有不同，然如譚綸、戚繼光、王崇古、方逢時及潘季馴等對他是支持的，而其他人便不然；尤其言官對他的攻擊不絕若縷。張居正與武官的關係自始至終，便較諸與文官集團的關係來得融洽，張居正自言視武將有如子弟，當不是空話。因此也受到不少猜疑，如劉臺便說：

蓋居正之貪，不在文吏而在武臣，不在內地而在邊鄙。

其實是無據之詞；甚至有人說其欲聯合戚繼光造反，更是空穴來風。總之，其與武臣關係的密切，讓人與掌握武力後盾發生聯想。其癥結所在是：張居正對於武臣的信任與重視，破壞了文官集團的優勢，如此一來，自然引起文官集團的不滿。以故，在張居正辭世後，原本無法宣泄的不滿必然爆發出來。

* * *

萬曆十一年三月，張居正身歿僅僅九個月，神宗下詔奪其上柱國及太師銜，不久又奪其文忠公諡號。十二年四月又因貪婪張居正家的錢財，下詔查抄張宅；當時，附和神宗以固寵的比比皆是，就如近人孟森於其《明代史》中所說：

持公議者較少，惟升沈進退之際，挾舊怨以圖報復者為數較多。

尤其言官的議論對張居正的功勳全盤否定。固然張居正爲政缺失不少，但落得「心存不軌」的評語則是大家誣陷的結果。當時的左都御史趙錦上疏請勿查抄張宅時，頗有公平的論斷，他說：

「居正誠然專權，但並沒有異貳謀反的心；其輔佐皇上，夙夜勤勞，海內因此得到安寧，功績實在不容泯沒。」

吏部尚書楊巍上疏請勿查抄，也說：

「居正爲顧命輔臣，伺候皇上十年，任勞任怨，一心一意以犬馬之身報答國家的念頭，或許也是有的。」

然而神宗已經任性到不能聽從諫言的地步，仍派刑部右侍郎丘橓等執行查抄，丘橓出發南下前，接到在朝幾位大臣的信，內閣大學士申時行說：

聖德好生，門下必能曲體，不使覆盆有不照之冤，此屋有不辜之累也。冀始終留神，以仰承聖德，俯慰人心。

另一位大學士許國說：

顧推罪人不孥之義，以成聖主好生之仁，且無令後世議今日輕人而重貨也。上累聖德，中虧國體，下失人心，奉旨行事者亦何所辭其責。

皆期望丘橓等能憑實情辦事，不要累及張居正家人，其中翰林院右諭德于愼行的信最爲沈痛，其原文如下：

江陵殫精畢智，勤勞於國家，陰禍機深，結怨於上下。當其柄政，舉朝爭頌其功而不敢言其過；今日既敗，舉朝爭索其罪而不敢言其功，皆非情實也。且江陵平生，以法繩天下，而間結以恩，此其所入有限矣。彼以蓋世之功自豪，固不甘為污鄙，而以傳世之業期其子，又不使濫有交游，其所入又有限矣。若欲根究株連，稱塞上命，恐全楚公私，重受其困。又江陵太夫人在堂，八十老母，纍然諸子皆書生，不涉世事，籍沒之後，必至落魄流離，可為酸楚。望於事甯罪定，疏請於上，乞以聚廬之居，恤以立錐之地，使生者不致為欒郤之族，死者不致為若敖之鬼，亦上帷蓋之仁也。

這封信的主旨有三：首先說張居正柄政時，竭盡精力，勤勞爲國，而結怨於上下。次言張居正柄政時，舉朝多歌頌其功而諱言其過；迄及身歿，衆人又爭言其過而避談其功，兩者都未得實情；換言之，指出對張居正的評價並不一貫，有其時序性——隨年代的推演與情勢的變化而變。此其一。其二則說明張居正自律及律家甚嚴，得之他人的不義之財極少。其三則請丘橓愼重其事，不使冤屈迭生，有失好生之德，並爲張居正老母及諸子請命。于愼行在明代是有忠直之聲的臣子，對於張居正的措施也曾提出指責，而最後還是肯定張居正的功勞。畢竟辦事者與批評者是不同的。

萬曆十二年五月中旬，張居正長子敬修由於不甘受辱，且爲澄清父冤，於丘橓等之刑求逼供後，自殺身亡，留下一封血書，當中有幾句話談到張居正爲政的態度，及抄家之禍的來由：

> 其十年輔理之功，唯期奠天下於磐石，既不求譽，亦不恤毀，致有今日之禍。

所言蓋是實情。由於張敬修的自殺，使得朝廷的大臣爲之震驚，紛紛上言請求停止追索、逼提，神宗也自覺有失人君之量，乃下旨了結此案。但在聖旨上對於張居正一生的評價卻甚刻薄，他說居正「騷動海內，專權亂政，罔上負恩，謀國不忠」。徒以意氣下此定論，更可見神宗的剛愎任情。

若說明朝如一家族企業，則其組織結構與前此的王朝有一大異之處：以前的王朝董事長（皇帝）與總經理（宰相）關係大約處於對等地位，董事長將諸事交給總經理，總經理向董事長負責，一個代表政權，一個代表治權，互相配合，故而政治有其一定的水平。如今則不同，明朝自太祖於洪武十三年（一三八〇年）廢宰相制度後，便成爲董事長兼總經理的局面，充分表現出皇權的絕對化。由於沒有代理人全權處理政治事務，公文便如山般堆於皇帝辦公室，皇帝一天的事務往往超過三百件，這在精力旺盛的太祖猶可勝任，到成祖時事務之多已更超乎太祖之時，沒有辦法祇好請祕書，便是內閣大學士，大學士祇是幫忙皇帝將每份公文做出摘要，並草擬方案，皇帝才根據「票擬」批示。

而在整個明代來說，內閣本身欠缺制度化，皇帝予之大權則權大，反之則權小，甚至無權。基本上，張居正之所以死後蒙冤，實在是皇權與閣權的衝突，或許也可以說是皇權與變型的相權衝突。因爲嘉靖中葉至萬曆初年是閣權的高峰，易言之，這時的皇權受到削減；故當神宗的自覺升起，皇權又恢復舊時景象，閣權自不免受到壓迫。張居正的被奪官與抄宅，大約是神宗「殺雞警猴」的辦法。因此這一事件並非公論所與，其結果也是神宗有意主導。神宗的評語自然不能當做有絕對性的證詞來看。

而嘉靖二十六年與張居正同科進士及第，據說是《金瓶梅詞話》作者的王世貞，在所著《嘉靖以來內閣首輔傳》中，雖對張居正有意貶損，但最後還是給了張居正「業惟戡亂，勳表救時，在唐贊皇，復爲元之」的評語，肯定其安邦濟危的大功，且以爲勝過唐代晚期中興唐室的李德裕（字文饒，因其爲趙郡贊皇人，有人乃以地名稱其爲李贊皇）。

歷官嘉靖、隆慶、萬曆三朝，以忠直剛毅、壓抑豪強、施救弱民著稱的海瑞，在談到張居正時，他說：

公工於謀國，拙於謀身，致有謗禍。

頗爲張居正因性情不群而罹禍感到可惜，但對於其善於謀國的才幹則表示肯定。王世貞、海瑞兩人與張居正都不怎麼友好，但兩人都給予應當的評價；或許，張居正的成就，在當時士大夫眼中，已有一定的地位，但爲了避免觸怒龍顏，俱不敢多言張居正之是，王世貞說「吾心服江陵之功，而不敢言」，大約是這一環境下的寫照。

萬曆二十二年，當時任禮部尚書的沈鯉，在爲編次中的《文忠公張太岳先生文集》寫序時指出：

（居正）思欲一切修明祖宗之法，而綜覈名實，信賞必罰，嫌怨不避，毀譽利害不恤，中外用是凜凜。蓋無不奉法之吏，而朝廷亦無格焉不行之法。十餘年間，海內清晏，蠻夷賓服，不可謂非公之功也。

此段話先由張居正爲政的想法、做法談到其整肅吏治的功績，再從國家、社會的立場肯定其爲政的建樹。在此序的末尾，沈鯉又說：

顧其先法後情，先國事後身家，任勞任怨，以襄成萬曆十年太平之理，我明相業，指固未易多屈也。

明白地給予最高的評價，尤其指出，明朝相業少有超過張居正者，是前此所無的論定。

《文忠公張太岳先生文集》又有《呻吟語》作者呂坤的〈書後〉，在文中他點出張居正的勇於任事，說：

（先生）豐功偉績，昭揭宇宙，至今不可磨滅者，則一言以蔽之，曰：「任」。

又說到居正掌政之時，「兩宮有並后之尊，諸璫操得肆之權，外戚有夤緣之藉」「海內多頹靡之政」，局勢極爲困難，而「先生念顧託之重，受聖主之知，以六合重擔荷之兩肩，以四海欣戚會爲一體，無所諉託，毅然任之」。明白指出居正勇於負責的一面。而呂坤在行文中又舉出張居正勇於任事的事實，並言及其影響：

顧任天下之勞易；任天下之怨難。先生以一身繫社稷安危，愛憎毀譽等於浮雲。以君德之成敗責經筵，故帝鑑有圖，日講有規（此指督教神宗）。

以監局之縱，畏關治亂，故付之主者，嚴其約束（此為約束言官）。立考成以督撫按，節驛遞以恤民窮，限進取以重學校，覈地畝以杜分欺，額舉刺以塞門，併催科以繩勢逋，重誅讁以儆貪殘（指出居正的考成諸官、整理驛政、整飭學風、清丈田畝、用人唯公、清理財政、嚴刑重法等政治措施的用意，在於維持社會公信力，澄清吏治，使民無所怨，而豪強、貪殘之輩不敢為非）。申宗藩之例，裁冗濫之員，核侵漁之餉，清隱占之屯，嚴大辟之刑，俾九圍之人兢兢輯志，慢肆之吏凜凜奉法，橫議之士息邪說而尊王（此言張居正嚴法為治，乃欲諸人奉法，以使國政邁入常軌）。事可安常者，不更張以開後釁之端；時當變通者，不因循以養積重之勢（此言張居正不輕言變法，但對於糜爛已極之事則不因循苟且）。維泰山而捧金甌，俾內難不萌，外患不作，北無敵國之亂，南無擅命之雄，五兵朽鈍，四民安康。此之為功，伊誰功哉？則先生肯任之心，勝任之手，斷斷乎其敢任之效也（此段說張居正有安內攘外之功）。設先生避艱險，計身家，藉一人殊眷，結四海歡心，國家威福盡足以供之，其誰不悅？即不然，而優游暇逸，循敝轍，守陋規，上下習而安之，其誰生怨？而先生不為也（指居正不欲以饜人心、息人怨為滿足，為政嚴厲守法，故為眾情所不服，為群吏所怨）。

呂坤以一「任」字表示張居正當政的精神，可說極得要領，至於對居正的評價，則許以功匹伊尹，要之，對於張居正極表欣賞佩服。

萬曆四十二年，江陵知縣石應嵩重修居正墓，留下一篇碑文，其中有幾句話是這樣說的：

功既震而身危，狡兔良弓已矣！事蓋久而論定，雲台麟閣依然，其功不滓，其德無名，巍巍大人，終莫與京！

萬曆末年，滿洲建州衛酋長努爾哈齊起兵，邊事日緊，或許明人這時才又回想起張居正在世時的安靜，但張居正身已歿，其政策也已廢除，一切都成回憶，就是要再找「良弓」，也無「神射手」來使用，邊疆的戰事成爲明亡的先兆，後來帶動經濟的崩潰，流寇竄生，外患、內亂交攻以至亡國。

基於張居正曾禁書院，東林黨人對於他自然怨惡，在張居正當政時，顧憲成一向視張居正如寇仇，甚至別人在張死後對張居正有所好評，亦受到他的責罵，且發泄在給第三者的書信上。顧憲成在給史孟麟的信上說：

梅長公（之煥）致思江陵，其言可痛！

以梅之煥懷念張居正爲可恨。自己「不直張相國」，亦欲別人「不直張相國」，可以說怨恨已達極致，其中自然牽涉到個人的思想與性情。爲政者往往有擁護者，也有反對者，顧憲成等人便是站在反張居正的一邊。

萬曆四十八年神宗崩殂，朝臣不敢爲居正申冤的魔咒解除，於是「台諫連章訟江陵冤，言有十大功」；降至熹宗天啓年間，鄒元標說居正「功在社稷，過在身家」，許以因公忘私，並上奏請復居正原官銜、謚號，並賜予祭葬，獲熹宗詔准，至此張居正的大功始獲朝廷認定，其蒙冤至此才算清白，然距其身歿，已歷四十年，明廷苦於建州兵事與流寇，已岌岌可危。

至崇禎末年，明朝國事益不可收拾，明人乃益追思張居正的功勳，不再言其不合法制、自居宰相之失，崇禎十三年（一六四〇年），吏部尚書李日宣上疏請追論居正大功，疏上說：

故輔居正受遺命輔政，事皇祖（神宗為思宗祖父，故稱皇祖）者十年，肩勞任怨，舉廢飭弛，弼成萬曆初年之治。其時中外乂安，海內殷阜，紀綱法度，莫不修明，功在社稷，日久論定，人益追思。

此時張居正身歿已五十八年，明亡垂在旦夕，至是始追頌其功德，然爲時已晚。時有詩人王啓茂在謁張文忠公祠後，心中感慨，作《謁張文忠公祠詩》以抒發憂國之情，詩云：

袍笏巍然故宅殘，入門人自肅衣冠。
半生憂國眉猶鎖，一詔旌忠骨已寒！
恩怨盡時方論定，邊疆危日見才難！
眼前國是公知否？拜起還宜拭目看。

其中「半生憂國眉猶鎖，一詔旌忠骨已寒！恩怨盡時方論定，邊疆危日見才難」諸語最能表現當時人感時憂國之情，與對張居正爲政的悠懷。

由於張居正主政十年，使邊境安靖，現在則邊事日蹙，相形之下，益使人追念他善籌邊政的才幹。明末錢謙益說，張江陵所用的人，有如良馬；江陵死後朝廷所用的人，有如狐鼠。又說他是善於駕馭良馬的伯樂；他如果還在政府，哪裡容得了內奴、外寇來困擾君上？對於張居正善於籌畫軍務與知將才而久任之，皆給予極高評價，然不旋踵而北京城破，明朝隨之亦亡。若使神宗能執守張居正的措施、法度，或可延長明祚於萬一，然而一切都不能挽回。

而明末遺老黃宗羲在《明夷待訪錄．原臣》章中，也對張居正發表了他自己的看法，他說：「夫居正之罪，正坐不能以師傅自待，聽指使於僕妾。」認爲他不明君臣分際的本意。黃宗羲所謂「原臣」，本在申明君臣名分的本意，他認爲臣子和君主的責任是相同的——名異而實同，皆以天下百姓的憂樂爲職分所在。臣是爲民而設的，因此，中心點在民而不在君，君臣的關係非但不是主從，也不是君父、臣子般的類血緣性格，他認爲君臣是師友關係，張居正對皇權的支持與護從是不對的，因爲這樣有如聽命於僕傭。黃宗羲對張居正的批評可說是獨具一格。

二、清朝對張居正的褒貶

清初谷應泰撰《明史紀事本末》，立〈江陵柄政〉一節，於末尾總結張居正的功過時，先述其事，再貶其功，其大略如下：

居正性深沈，機警多智。數為史官，時嘗潛求國家典故，及時務之切要者剖析之，遇人多所諮詢。及攬大政，登首輔，慨然有任天下之志，勸上力行祖宗法度，上亦悉心聽納。

十年來海內肅清，用李成梁、戚繼光，委以北邊，攘地千里，荒外讐服；南蠻累世負固者，次第遣將削平之。力籌富國，太倉粟可支十年，太僕寺積金至四百餘萬；成君德，抑近倖，嚴考成，覈名實，清郵傳，核地畝，一時治績炳然。

惜其褊衷多忌，剛愎自用；初入政府，即以私憾廢遼王；久直（即任首輔日久），信任奸佞，好諛成風；六曹之長，咸唯唯聽命，至章疏不敢斥名，第稱「元輔」；始譽以伊（尹）、周（公），漸進以五臣，且諛之舜禹，居正亦恬然居之。而中允高啓愚至以「舜亦以命禹」題試士，當時目為勸進。居正卒，餘威尚在，言官奏事尚稱「先太師」。方奪情時，威權震主，上雖虛己以聽，而內顧不堪，身死未幾，逐遭削奪，並籍其家，子孫皆不保。

綜合谷應泰這三段話，第一段指出張居正的性格與抱負，第二段說明其爲政的成就，主要談到軍事與財政的建設，第三段道出他爲政的缺點，如過於自負，不聽人言以及功高震主。谷氏在第三段用「信任奸佞」批評張居正，似乎言實不合，或許他有意諷刺張居正任用私人，但張居正所用的人實在談不上奸佞。另外，谷應泰在〈江陵柄政〉這節最後的「谷應泰曰」上，明指張居正缺乏宰揆的氣度，又無道術可稱，而專事綜核察舉，非惇大之相體，且失寬大之風。甚至說張居正是明亡的罪魁禍首。他說：

世稱張居正相業，譽者或許其幹略，毀者僅惡其專恣，然予以皆非事實真知居正者也。考居正之大節，特傾危峭刻，忘生背死之徒耳。其他緣飾以儒術，眩曜以智數，譬之黃子艾牆高基下，陽處父華而不實，求其論思密勿之地，表帥百寮之間，此實難矣。

又說張居正結交權閹馮保，有如「商鞅之因景監，相如之藉繆賢」以進用。而高拱之被斥去，是張居正與馮保條件交換，互市互保的結果，「馮保以快己之怨者，即以酬次輔之恩；居正以去保之疾者，還以固綸扉之寵；鬻權夸毗，若互市然。」所以雙方互相利用，以保權勢，「馮倚執政，則言路無憂；張恃中涓，即主恩罔替。」接著谷應泰說：

居正之包藏禍心，傾危同列，真狗彘不食其餘矣！

換句話說，張居正已不如豬狗，即豬狗看了也不想去碰。此語非但偏激，而且過於嚴苛，更說「居正其無人心者乎」等等。

最後他反駁前人的稱許居正，他批評「論者以居正之為相也，進四書經解，而聖學修明；進《皇陵碑》、《帝鑑圖》，而治具克舉；請詞林入直，而清讌無荒；請宮費裁省，而國用以裕；任曾省吾、劉顯而都蠻悉平，用李成梁、戚繼光而邊陲坐拓，厥罪雖彰，功亦不泯焉」。在谷應泰的想法裡，張居正幾乎是無功可言。最後的一段文字且極言其罪，其文如下：

然予以居正救時似姚崇，褊礉則似趙普，專政似霍光，剛鷙則類安石。假令天假之年，長轡獲騁，則吏道雜而多端，治術疵而不醇，斯豈貞觀之房、杜，而元祐之司馬乎？更可異者，自居正以錢穀為考成，而神宗中葉，大啓礦稅；居正以名法為科條，而神宗末造，叢脞萬幾。嗚呼！手實（即愛錢）之禍，萌自催科；申商之後，流為清靜，則猶居正之貽患也。

言下之意，神宗的貪財好貨，大肆搜括，與神宗的怠工，不理政事，皆是張居正所引起，這種說法沒有歷史根據，且說張居正之罪在此，實在也是「欲加之罪，何患無辭」，谷應泰其人的見解可能是有偏差的。

清人周聖楷撰《張文忠公本傳》，在文中對於張居正丈量田地的成績極表贊許，說道：

凡莊田、屯田、民田、職田、蕩地、牧地，皆就疆理，無有隱奸，貧民不致獨困，豪民不得兼併。又民間新墾地，賦其貢稅，以新賦均舊額，則故額不失，而民賦以輕。

易言之，張居正抑制了豪強壓迫貧民的氣焰，也有降低稅負的實效。

清乾隆年間，《明史》定稿修成，其〈張居正傳〉對於張居正有歷史性的綜評。傳中首先敘述張居正的個性：

居正為人，頎面秀眉目，鬚長至腹。勇敢任事，豪傑自許，然沈深有城府，莫能測也。

又談及居正當政後，「慨然以天下爲己任，中外想望丰采。」而在討論居正爲政的主旨時，《明史》說：

居正為政，以尊主權、課吏職、信賞罰、一號令為主。

有關張居正爲政的功過問題，《明史》也有重要的分析。首先，稱述張居正採用漕臣的建議，將漕糧改在年末時兌運，而在隔年初春運達北京，由於此段期間，少有水患，因此糧船鮮有覆沒：「行之久，太倉粟充盈，可支十年。」又因與俺答互市，「太僕（寺）金亦積四百餘萬。」兩者都指出他開財源的成績。

對於張居正的「爲考成法以責吏治」，《明史》說到其功效是：

自是，一切不敢飾非，政體為肅。

即使得大小官員不敢推諉敷衍。而對於居正的抑制言官，《明史》說：

由是，諸給事（中）、御史益畏居正，而心不平。

換句話說，張居正的控制言官、責成吏治都受到不同程度的隱恨。

至於張居正的善用將才，《明史》說：

居正喜建豎，能以智數馭下，人多樂為之盡（力）。居正用李成梁鎮遼，戚繼光鎮薊門。成梁力戰卻敵，功多至封伯，而繼光守備甚設。居正皆右（成）之，邊境晏然。兩廣督撫殷正茂、淩雲翼等亦數破賊有功。浙江兵民再作亂，用張佳胤往撫即定，故世稱居正知人。

但《明史》對居正的嚴法爲治，似乎不表贊同，說：

然持法嚴：覈驛遞、省冗官、清庠序，多所澄汰。公卿群吏不得乘傳，與商旅無別。郎署以缺少，需次者輒不得補。大邑士子額隘，艱於進取。亦多怨之者。

這段話，主要就張居正整飭驛政，淘汰冗官及整頓學政的影響加以批評，所言可分爲兩部分，其一言及公卿官員的不獲乘傳馳驛，多有怨恨；其二則以官職及學額減少，使得有意仕進者不得順意，也招致怨恨。

此外，《明史》對於張居正的嚴辦盜賊，有如下的記載：

時承平久，群盜蝟起，至入城市劫府庫。有司恆諱之，居正嚴其禁：匿弗舉者，雖循吏必黜；得盜即斬決，有司莫敢飾情。

本來明代的法律，盜取邊鎮、沿海地區公款、米糧超過一定數字的，一例斬首；但執行者往往將觸犯者長期囚禁，或有囚死獄中的。張居正當政後，「獨亟斬之，而追捕其家屬，盜賊為衰止。」然地方官中「奉行不便者，相率為怨言，居正不恤也」。《明史》這些記載對於其穩定地方治安予以顯揚，但也指出法治有其缺點，認為他的辦法無法正本清源。

在傳文中也提到張居正的不與地方勢力妥協，說：

居正以江南貴豪怙勢，及諸奸猾吏民善逋賦（逃稅），選大吏精悍者嚴行督責。

此舉雖造成「賦以時輸，國藏日益充」，但是也導致「豪猾率怨居正」。而《明史．張居正傳贊》給張居正的評價是：

> 張居正通識時變，勇於任事。神宗初政，起衰振隳，不可謂非幹濟才。而威柄之操，幾於震主，卒致禍發身後。

這是極有意義的論斷，尤其「通識時變，勇於任事」二語，頗能凸顯張居正的個性。總結來說，《明史》對於張居正是肯定多於貶責，與《明史紀事本末》的盡言其非有所不同。

清人林潞曾撰《江陵救時之相論》一文，論述張居正挽救時局之功，稱許其知兵事，及以相爲將，決策於千里之外，居正死後，明且因之而有二十年的安靜，其文如下：

> 江陵匪直相也，而直以相將將。改南北守禦，百粵、滇、蜀，必付託得人。將帥能效力者，量其才，專其責，湔其瑕，勵其志，鼓之以爵祿，假之

以事權，凛之以三尺，破之以疑畏，責之以實效。數萬甲兵藏於胸，而指揮乎數千里之外，虛懷咨詢，削牘星馳，勇怯強弱，進退疾徐，洞若觀火。故能縛大憝、殲群醜以奠安中夏者垂十年。至江陵歿而享其餘威以固吾圉者又二十年。此江陵所為舉相職也。

林潞對張居正的兵略及其對將才的重用、勤教、嚴覈等，有簡要的述說，終而肯定他安固明室的功勳。林潞此段文字，專以軍事角度，論居正之功，頗爲扼要，是少數以單項討論張居正功過的作品之一，極爲難得。

清初，由於受《明史紀事本末》的影響，大部分的士人仍不能諒解張居正，其交結宦官固然不見容於當代，奪情之事更受異議。乾隆年間袁枚在《答洪亮吉書》中，對於清人以名教之義嗤鼻居正，極爲反感。在此信中，袁枚爲張居正辯解道：

古名臣如漢之趙熹、耿恭；唐之房、杜、褚遂良、張九齡，俱有奪情之事。史稱江陵相萬曆十年，四夷賓服，海內充實，有霍子孟（霍光）、李贊皇（李德裕）之遺風；然則（吳）中行果有愛國之心，方宜留江陵，為賢者諱過，可矣。中行不諫其師，並欺蔽之，突出其不意，以相攻擊，其心術尚可問乎？

從這段話所顯現的是：袁枚認爲張居正奪情是值得同情的，至少就「移孝作忠」上看是可取的；並批評吳中行不尊師、不爲賢者隱諱的不是。若純以國家利益爲基準，而不考慮名教立場的話，袁枚的話自然是有其可取性，但中國的政治不能獨立於道德之外，即政治永遠受到道德的影響，袁枚的說法固然有其見地，但並不能說是切合歷史的論評。

清道光八年（一八二八年），陶澍巡撫江蘇，在南京重刻《張太岳先生文集》，並爲之作序，序上說明代至嘉靖時，上下苟且因循，氣象靡爛，「江陵張文忠起而振之，挈領提綱，綜覈名實，法肅於廟堂之上，而令行於萬里之外，其時海內殷阜，號爲乂安。」並推許張居正的見識、學問；他說：

迄今讀其奏疏及手牘諸書，洞中窾要，言簡而慮周，卓然見之實行。其精神氣魄，實能斡旋造化，而學識又足以恢之，洵乎曠古之奇才，不僅有明一代所罕覯也。

對於張居正可說極為欽慕，但也指出張居正爲政的缺點：

惟是精能之至，近於刻覈；勞怨不辭，近於專擅；惡聲所蒙，遂至巢傾而卵覆，其亦可哀也已。

對於居正的過於強幹及剛毅，而造成要求太苛與近於專權，感到可惜，更爲其死後，家族的橫遭慘禍感到悲嘆！

道光年間重刻本的《張太岳先生文集》，又有陳鑾爲之作序。在序中，陳鑾爲張居正辯解奪情及結馮保傾高拱二事。他說：

奪情一節，誠君子所不與；然中世以來，宰輔習為故事，主少國疑，受恩深重；出處之際，人所難言。至謂公不欲去，諷部院留之，此文致之說，不足憑也。

此段話指出張居正當時去留的困難；就國政言，實不能去職，畢竟其時主少而國政賴其輔弼；就名教立場言，又不能留於朝廷，兩相取捨，實有難言之苦。這種看法在某方面來說有道理，但有爲居正迴護之嫌疑。畢竟張居正去職，仍有繼任首輔主持大政，未必張居正一人可當此職責。其次陳鎏談到結馮保傾高拱一事，他的看法是高拱得罪馮保，又「欲奪司禮之權盡歸內閣」，且「持之過激」，故其「不能安其位必矣」，本不待張居正傾陷。言下之意，張居正沒有必要結馮保以傾高拱，而且馮保本來就想要斥去高拱，單此一點，高拱去位便無法避免。至於居正當政後結交馮保，乃是權宜之計，因其「計慮至深，斡旋至大，不屑以小節自居也」。最重要的是他認爲張居正所處的環境極爲艱難，既爲君子所不許，且招怨於兇人，可見辦事、謀國之不易。其文如下：

嘗謂公之料邊防，察吏治，千里外洞若觀火，英略如李贊皇（李德裕）；處兩宮、幼主之間，深心大力，不激不隨，幹濟如李文靖（北宋初年的名臣李沆）；然贊皇為黨人所排，文靖亦不悦於范（仲淹）、富（弼）諸君子。甚矣！慷慨任事之難，而大臣謀國之心不易白也。

陳鑾將張居正身處太后、神宗之間的情勢，比諸北宋眞宗、仁宗之際，李沆身處太后、皇帝之間的居中調和，以利皇室、國家，可說極爲合適。又將張居正援結馮保，與唐末李德裕的交結仇士良類比，認爲是爲了施展長才、挽救衰亡不得已的辦法。此說自有其道理。

平定太平天國之亂，以集桐城派古文大成著稱的清代中興名臣曾國藩，對於張居正也有正面的肯定，他說：

> 張公與唐李太尉文饒（李德裕）皆以恢瑰負俗謗；而李承強固之後，張當窳敝之極，其功尤偉。

在曾國藩的印象中，李德裕被貶死海南島，與張居正死後蒙不忠之名，都是由於功勳太大，樹巨招風而引生俗謗。而曾國藩在比較二者的優劣時，認爲李德裕的中興唐朝是承強固之餘威，而張居正則當窳敝衰耗之後，因此張居正之功尤勝過李德裕。

清代中晚期，有御史朱琦在《答王柏心書》中，稱頌張居正的功勞，並說張居正是「愚忠」一型的人物，他認爲居正是「明知其害於身」，卻仍爲之者；「明知害於身而利於國，又負天下後世之謗，而勇爲之者」，並稱許他有「正其誼不謀其利，明其道不計其功」的胸懷。但也對張居正有小意見：

然則江陵其遂無訾爾乎？江陵之過，在於功成而不知止，又不能薦達賢相以為之後。

認爲張居正的錯在不知功成身退，又不能舉薦賢才來接他的位子。這個看法有缺點，說居正不知功成身退或有道理，說居正未薦賢才以繼其職則非是，居正薦申時行爲大學士，不能說不是舉賢才，祇是申時行看到老師張居正強勢作風的下場，故內隱其才，祇求明哲保身罷了。正如黃仁宇先生的說法：張居正有做烈士的氣魄，申時行則沒有這種勇氣。申時行本身不能說沒有才華，祇是爲時代所掩而不得發揮。

清末，王闓運著《江陵書院記》，在說明江陵地勢之重要與人才的鼎盛之餘，指出張居正是明代以來的第一名人。他說：

江陵近代名人，未有如張叔大（即張居正）相國者也。

王闓運的看法應可代表清代湖廣人士的看法，此時太平天國之亂甫定，兩湖人才鼎盛，然王氏追溯源流，仍推張居正爲歷來江陵名人之最，可見兩湖人士對張居正的歆羡與敬仰。

若總結張居正在清代的評價，可以發現有愈來愈好的趨向，此或許與清代中葉以後，大清帝國威勢的衰弱有關，蓋國勢強時，對於古代名臣多不措意；至國勢弱時，才又對能挽救危局的名臣寄以追思，因此張居正的歷史地位便日漸高升。其實張居正歷史地位的定位，自有其超越時代的一面，他是明代名臣，後世評價時盛時差，對他來說，可能未見公允，然由此正可以看出張居正是歷史上的重要人物。

三、民國以來對張居正的褒貶

清末民初為國史上一急劇轉變的時期，在政治、社會、文化、思想上皆有極大的質變，伴隨著此種趨向，這時期對於張居正的看法也有了新的角度。梁啓超在主編《中國六大政治家》時，列張居正於其中，而與管仲、商鞅、諸葛亮、李德裕、王安石同居大政治家之林。梁啓超且在其所擬的「歷代人物百人傳目錄」中，將張居正列入「實際的政治家」之類；而在其所撰的《中國歷史研究法補編》中說：

> 明代有種特點：政治家只有一張居正。

對於張居正極其推崇。

在梁氏主編的《中國六大政治家》中，傳主多是以法治為主要施政方針者，因而張居正也成了法家中人。其中《張江陵》一書為佘守德所撰，成於民國之後。此書對於張居正生平及其政治上的措施、成就有綜合性的論述。對於張居正的肯定幾乎達於高峰，張居正成爲英雄人物。全書共有九十章，除敘論、結論外，二至十章敘說張居正的生平：由少年、入仕、歸田、再起談至柄政。第十一章至十六章論其政術：包括「吏治與用人」、「將略與兵略」、「理財政策」、「教育政策」、「治獄與治盜」六論。十七章談其學術與著述，十八章爲諸家的評論。

總的來說，這部書頗有見解，在敘論裡，佘守德認爲：

江陵明之名相；而明之名相，非止一江陵也。前乎江陵者，若夏忠靖（夏言），若三楊（楊士奇、楊榮、楊溥）；與江陵同時者，若徐文貞（徐階）、高文襄（高拱），固皆卓有建樹，儼然有古大臣之風者也。而無如彼其人者，率皆以書生之本色，當鈞衡之重寄；雖亦具有純臣之操守，良相之規模充其極，亦僅佐成小康之治，以稱盛於一時而已。江陵之相業，如輔君、匡政、經武、理財諸端自別於一般之純臣良相，巍然躋於中國以至世界大政治家之列，而能當之無愧者，則以其具有超人之抱負，獨到之主張，而又行之以恆心，持之以毅力；故其設施雖不便於當時，作為雖不理於眾口，而其影響於天下後世，所以補其闕而匡其失，正其本而清其源者，則至深至鉅。

由這一段文字，便可看出此書的梗概與宗旨乃在推讚張居正的功業，是故在全書之中，多避其非不談，或爲其辯護。此書最重要的部分應是談張居正政術的部分，作者認爲張居正在吏治及用人的措施大要是：明職守、愼甄選、專責成、重久任、嚴考察、明賞罰。對於軍事方面則指出張居正對將才能的重要、勤教、嚴覈。於兵略則談到張居正之對內亂主剿撫兼施、於邊防則薊鎮主守，薊以西之宣大主和、薊以東之遼東主戰。並說張居正重邊防遠出於平內亂之上。對於理財政策，則舉其要政：興水利、重糧政、嚴驛遞；論教育政策，則言其以崇本實、端士志、飭學政爲主；至於其治獄與治盜，則指出張居正的嚴刑重法。

其後王振先撰《中國古代法理學》，於附錄〈古來崇法治者之功效〉一文中，也主張張居正是崇法派人物，「身當危局，排衆議，出明斷，持之以剛健之精神，納民於公正之軌物，卒能易弱爲強，易貧爲富，措一國於泰山之安」，又說：

> 大凡法治之效，在於信賞必罰，綜覈名實，舉一國之朝野上下，無不受成於法之中，故能立懦廉頑，蒸成郅治。江陵有然。

而在此之前，《中國六大政治家》中另一書《李衛公》之作者李岳瑞已明言：「明之江陵張文忠公，其學術、治術，大都以儒為表，以名法為理。」換言之，張居正是法家者流的人物。

降至民國二十三年，陳翊林寫成《張居正評傳》，亦主張張居正是法家。陳翊林此書與佘守德《張江陵傳》在結構上頗為相似，內容也大同小異，全書十四章，前八章為傳，後六章為論，亦在稱述張居正的成就。

總括梁啓超、李岳瑞、佘守德、王振先、陳翊林諸人的見解，都主張張居正是法家。其中又多指出張居正個性上的優點，如任勞任怨、貫徹理想及撇開毀譽等，而少談及其過於固執己見、專擅權位等缺點，其實強調張居正光輝的一面並無不可，然而刻意為其袒護則不必要。陳翊林在《張居正評傳》之末對張居正的描述，著實令人對張居正有一種完美的感覺。茲引如下：

文忠在智力上是個天才家，有善於求學說理，知人曉事的聰明；在思想上表面是個儒家，骨子卻是法家，有力求綜覈名實，信賞必罰的理論；在事業上是個政治家，有認清時勢，貫徹主張，任勞任怨，不顧一切的魄力；在軍事上是個統帥者，有妥定兵略，善用將領，鞏固邊防，剿平內亂的計謀；在行政上是個主持者，有確定權責，特予信任，勤加指導，嚴覈實效的辦法；在志行上是個特操者，有褪辭爵祿，嚴拒賄賂，不計毀譽，盡瘁以死的精神。匯合文忠獨具的天才、思想、精神和事業，遂成功一個大政治家。

由此段文字來看，張居正的地位和歷史評價已經達到空前的高峰，這是張居正歷史地位的鼎盛期。事實上，張居正也許被誇大了。

與此派看法不同，且持論較爲平允的，是專業的史學研究者。明史研究的祖師孟森（字心史）先生可爲代表。孟先生早年熱心政治，曾當選爲江蘇省諮議局議員，並兼祕書長，參與清末憲政運動和民初議會政治，晚年始任教於北大歷史系。《明史講義》即爲孟先生在北京大學歷史系授課時的講稿，是一部以政治史爲主的「明代史」。由於他的實際政治經驗，使他在評論明清史事時，每有精闢獨到之處，在談萬曆初年的歷史時，也有客觀的見解。在事功方面，孟先生給予張居正以正面的肯定，稱其善用將才，而使邊境安寧，並說：

張居正以一身成萬曆初政，其相業為明一代所僅有。

但認為張居正在「得志以後，則明於治國而昧於治身」。然對於攻擊張居正怙權遭怨之說，他說：

居正綜覈名實，不避嫌怨，於其為國而不顧身家，祇應尊敬，不當與怙權而得怨之說混而為一。

他認為居正最大的錯誤是「奪情」一事，「綜萬曆初之政皆出於居正之手，最犯清議者乃奪情一事，不恤與言路為仇，而高不知危，滿不知溢，所謂明於治國而昧於治身，此之謂也。」

但是他對於神宗因貪財，以致籍居正家，也嚴厲指責：

神宗天性好貨，嗣此遂以聚斂造成亡國之釁。當時搆居正及馮保之罪，惟言其多藏為最動帝聽，此即知其失人君之度矣。

在談到居正死後邊事的廢弛，以致滿洲坐大，導致舉國震驚，他說：

廟堂若有留心邊事如居正其人，何至憒憒若此？故居正沒而（明朝）遂入醉夢期間矣。

以研究明清學術史著稱的學者謝國楨，在所著《明清之際黨社運動考》篇首，對於張居正亦有褒有貶，他說：

居正人品的好壞，我們不去管他，旦他很有政治主張，手段也非常老辣。因此萬曆初年，財政和吏治，辦得都很上軌道。萬曆初年的政治，不能不算是澄清。居正令人失望的地方，就是大權獨攬，用高壓的手段，權威都歸到內閣，言官等於木偶，來取媚於內閣。

抗戰前後，軍事委員會重刊《張江陵全集》，蔣委員長為之寫序，其中一段文字說：

江陵平生服膺子產及武侯之嚴法，其志趣已可概見；若論其功業，江陵殆有過之。至其身後搆禍，乃專制駃主妄聽讒言所致，於江陵節概，仍無所損。

值得注意的是文中指出張居正服膺子產、諸葛亮的治術，極爲難得。民國二十八年，《國史大綱》行世，錢穆（字賓四）先生於書中說到明代中葉史事時，明指張居正爲權臣。然錢先生乃是就制度觀點而言，他說：

一切癥結，實在內閣制度之本身也。

理由是：首輔所處者危地，所理者皇上之事，所代者皇上之言，而在體制上，大學士祇是私人祕書，不能干朝政，但演變結果，大學士所理者皆朝廷大事。「故雖如張居正之循名責實，起衰振敝，爲明代有數能臣，而不能逃衆議。」總之，因爲內閣首輔的地位、名實不相配合，於是首輔皆難逃「權臣」之名。

然賓四先生雖說張居正爲權臣，但對他的功過則給以一公正的價值定位：

張居正為相，治河委潘季馴，安邊委李成梁、戚繼光、俞大猷。太倉粟支十年，太僕積貯至四百萬。及其籍沒，家貲不及嚴嵩二十之一。然能治國，不能服人。法度雖嚴，非議四起。繼之為政者，懲其敗，多謙退、緘默以苟免。因循積弊，遂至於亡。

近人朱東潤於抗戰末期撰寫《張居正大傳》，於三十四年出版，此書是民國以來有關張居正傳記難得的佳著。朱氏治文學，曾留學英倫。前此著有《史記考索》，爲其講《史記》時所撰，蓋朱氏於中國史學亦功力頗深。此書自其敘述的技巧言，誠爲極佳之文學作品。而自其資料分析、年月安排，以及與傳主有關涉的人物、制度之考釋，當時風氣環境之研討諸端言之，無往不表現其史學功力的深度。在傳中，對於嘉靖、隆慶、萬曆三朝居正從政時，皇帝大臣的言行，朝局的形勢，敘述周詳備至，使讀者於張氏所處的時代環境，洞徹無遺，有置身其中之感。作者在序上說：

居正入閣以後的生活中心，只有政治；因為他占有政局底全面，所以對於當時的政局，不能不加以敘述。繁重、瑣屑，都是必然的結果，但是不如此便不能瞭解居正。

因爲這個基識，因此在描述張居正的生平時，可以看出作者以政治事件爲中心，張居正的交誼關係等爲輔，給予張居正一個全面性的敘述。

《張居正大傳》以年月順序逐年敘述，具有年譜功能，全書共分十四章，除一、三章分別談早年及歸田生活外，大部分是張居正在北京的生活寫照。由於作者此書寫於抗戰時期，頗具強烈的民族主義色彩，在字裡行間隱約透露出愛國的一面。他也將張居正視爲民族英雄，他說：

到了明室中衰的時期，也幸虧淮水流域一個無名英雄底後裔，再從民族下層階級出來，重新領導民族底鬥爭，為這最後的中國皇室，延長了七十二年的存在。這是明代的大學士張居正。

作者以此爲提綱，對於張居正的性格、抱負及理想、做法等皆有客觀的說明，全書不但有新見解，而且能以寬容的心態來瞭解張居正的功過。他雖然大力讚揚張居正的用心良苦、勇於負責等好處，也論定其成就的偉大，卻不避諱地舉出他的缺點：固執、任性等。他認爲張居正不是神，他是人——有血有肉、有愛有恨，在他筆下，張居正是一個生動活潑的政治人物。因此作者盡量摒除感情成分，以事實論張居正，可以說給了張居正一個合乎其實的地位。

民國四十三年，Charles O. Hucker 在美國 Far Eastern Association（遠東學社）屬下的 The Committee on Chinese Thought（中國思想研究委員會）主辦的「中國思想與制度之關係」研討會上，發表了《明末的東林運動》一文，在文中對於張居正也有述及，他說：

> 張居正是明代有數的偉大政治家，在他掌政的十年中，明朝政府可以說是標準的一個好政府。外患消除，邊疆安寧無事，防備也甚堅強，內政上軌道，經濟繁榮，國庫充盈。但是一五八二年，隨著張居正的死，明朝卻步入另外一個腐化時期。

此外，Hucker 也談到另一個問題：內閣，他認爲張居正是扮演宰相角色最成功的一位大學士，但是，「他雖然有很多重大的貢獻，但卻終於垮台。其垮台並不是因爲他的權力太大，而是因爲他的實權沒有一個合法的名義，終於導致官吏大臣的逐漸反對。」由此可見Hucker頗具史識，他對張居正也持正面的看法，肯定他的功業，對於張居正受到制度的制約，以致功敗垂成也寄予同情。

民國四十四年，錢穆先生在《中國歷史政治得失》書中，仍然重申張居正是權臣的看法，但對於他所以被目爲權臣有大篇幅的說明：當時六部尚書才是政府最高的行政長官，他們祇須聽命於皇帝，並不須聽命於內閣。按明朝祖制，內閣必無預聞政治之職權，若內閣與六部發生衝突，六部可理直氣壯地指責內閣越權干政。

在中國傳統政治中，不該與事而插手、不該攬權而掌權便是權臣。依明代制度論，張居正是一內閣大學士，不是政府中最高領袖，不得以內閣學士而擅自做宰相，這是明代政制上的最大法理，也是明代之所以異於漢唐宋傳統的地方。雖然張居正在明代有很大的建樹，但當時清議，並不講他的好話，就因爲他是一個權臣，不是大臣。這並非專就他的功業言，而是由他在政府之地位上的正義言。張居正不能先把當時制度改正，卻在當時制度下曲折謀求事功，至少他是爲目的不擇手段，在政治影響上有利弊不相抵的所在。惟此僅是就制度與法理論，不從事業與苦心論，至少在當時那些反對派的意見是如此。

錢穆先生此書發表之後，萬武樵先生看到書中說張居正是權臣，深為難過，故請徐復觀先生寫文章為張居正「昭雪」。於是徐復觀寫成《明代內閣制度與張江陵（居正）的權奸問題》一文，先寄錢先生過目，錢先生也寫了一篇跋語作答，徐、錢二文本來擬在《民主評論》同時發表，然徐氏因某種顧慮，把兩文一起壓下，以故沒有發表。其後徐氏因舊稿殘缺，於五十五年加以增刪發表於《民主評論》上，對於錢先生的說法大加抨擊。

徐復觀此文難脫筆戰的抬槓性質，文中也有誤解、扭曲錢穆說法之處，然而徐復觀為張居正辯護的做法，實用心良苦，儘管錢穆先生已強調張居正在法制上的不合法性，但徐氏一味指明大學士即宰相，何有「自居宰相」之嫌；又認為張居正在明人眼中即是宰輔。然而就事論事，明之大學士固然被目為宰輔，但實則在體制上他仍是機要祕書而已，徐氏可能為意見而意見，無法言之成理。

徐氏認為張居正是一個大政治家，周秦以後，只有王安石可與之相比：

他取怨的原因，就《明史》本傳所載，一是痛責御史在外凌辱撫臣，因為他知道政治的基礎在地方。二是執法嚴，省冗官，覈驛遞，得罪了不少紹興師爺。三是減少縣學生名額，大邑士子難於進取。四是治盜太認真，奉行不便者相率為怨言。五是江南豪貴，恃勢與猾吏勾結，隱瞞賦稅，居正遣大吏精悍者嚴行督責，國富而豪猾皆怨。

當時對他攻擊最力的公開理由是「奪情」。而其身後之禍，根本原因有二。一為對神宗要求太嚴，使神宗受不了；又得罪了宦官外戚。宋學洙在《張文忠公遺事》中，對此詳加考訂後，歸結地說：「確然見造冰者外戚也。換日者中官也。閃爍其間者鳳盤（張四維）二三公。彼呶呶者只鷹犬耳。故兩宮聖母，不聞傳矜宥之旨。神宗宿三十七年之怨，非惟新鄭（高拱）無此黨，縉紳寧有此力量哉。」說得再明白也沒有。二還是種毒於劉臺劾疏中的另幾句話：「蓋居正之貪，不在文吏而在武官，不在內地而在邊鄙。」這是影射毒惡的幾句話。

這幾句話說入了神宗的心，所以「疑居正多蓄，益心豔之」，遂籍沒居正家。

最後徐復觀下結論說：

張居正身後之禍，幾乎可說是專制政體下，想為國家真正負一番責任的大臣所必然要受的禍。

徐復觀在此文最後，又引道忞和尚《北遊錄》中，道忞與順治的對話說：

道忞在清世祖前譏張居正為攬權；世祖謂：「老和尚罪居正攬權，悞矣。彼時主少國疑，使居正不朝綱獨握，則道傍築室，誰秉其成。亦未可以攬權罪居正矣。」

認爲身受江陵輔翼之功的神宗，因貪財而使張居正家殘破，「而易世外夷專制之主，卻不以江陵爲攬權，認定其爲歷史中的賢相。」「權臣奸臣之論，恐怕太昧於史實了。」仍然反對錢穆先生的意見，也間接批駁了歷史上攻擊張居正越權擅政的人士，事實如何，則俟讀者自明了。

其後杜乃濟著《明代內閣制度》一書，自內閣制度的起源、演變及其影響、內閣機關、內閣職責及分析、內閣與宦官諸問題加以探討，是相關書籍中的佳構。其中談及張居正的不幸，乃在於制度的不周全，因爲閣權與部權的衝突，造成了明代政治的傾軋，而張居正本身便因爲體制上的緣故，不得美名。此外因宦官勢力的猖狂，使得「張居正爲一代最有實權之宰輔，亦不得不與宦官委曲周旋」。

溫功義《明末三案》一書，以政治鬥爭的角度觀察明代政治的是非，頗爲生動，其中對於張居正也有談及，他說：

在李太后、馮保、張居正中，張居正主要是負擔著師保的任務。李太后對他極尊重，既把國政都託付給他，對萬曆的成長，更希望他也能多盡心。張居正對此也當仁不讓，在執政方面，他是明代所有閣臣中最少受到阻撓的一個。在他為首輔時，票擬、硃批等類手續雖說仍然如故，一切循例而行，其實已只是走個過場，事情的依違可否，已全依張居正的主張而定；因此，張居正在明代所有閣臣中，以握有權力而言，可以說是能與以前歷代宰相相比的唯一一人。在張居正當國的十年間，他對內對外均取得了不少的成就，顯出一片安裕昇平的景象，使人甚至興起漸可以得臻盛世為期，便都是由於他的各種想法都能一力而行，不會遇到無端的非議之故。

又談到萬曆之與張居正的衝突，如張居正壓抑他貪婪好貨的性格，使他在縱情聲色上得不到完全的揮灑等，而「萬曆對張居正不滿意的另外一點，便是張居正代擬的《罪己御札》、《罪己詔》等，文句都太尖刻，抄著實在叫人臉紅」，「覺得這張居正簡直是故意拿他這個九重天子出醜。」，「張居正對萬曆所起的最大影響，便是養成了他疏懶的習性，萬曆最初是由過於看重張居正，以他為泰山之靠，諸事不敢過問而形成的。」

至於張居正死後的劇變，是「由於張居正人雖能幹，並在政務方面確也很有建樹，但他過於威福自恣，卻也招來不少的怨恨，特別由於他並不是個廉潔自好的人，招權納賄，甚至呑沒被籍沒（抄家）的藩王資產，這些弱點，張居正人在勢在，自然很少有人提到，人亡勢去，可就很難禁制人們揭開這些了」。

近人唐新著《張江陵新傳》，立意論述張居正的偉大，全書令人有英雄無差失的感覺。就史學觀點言，此書並非佳著，在體裁上又與佘守德、陳翊林類似，先談生平，再就各專題敘述，文中多爲張居正辯護，或爲其找理由，極似和事老，實爲可惜。全書分二十五節，前五節爲張居正的生平，其後分就張居正的政治觀念、用人等子題言之，由此書書首的一段話，已可窺見張居正在書中的角色、評價：

如就其所以成為大政治家之條件而言，則江陵實兼有諸人之長；其學問不亞於王介甫（王安石），其貞亮不亞於諸葛孔明，其志量不亞於李贊皇，其才略不亞於王景略（王猛），其聰明強毅、堅韌不拔，亦不亞於管夷吾（管仲）與公孫鞅（商鞅）；其所負荷之艱鉅，且有過之。如果平情而論，不為陳説所囿，便當承認江陵為數大政治家中之尤為傑出者。

唐氏論斷是否平情暫不論，而此種比較實無意義。此外，唐新在書中說：

江陵一生學問，得之於儒家者，十居八九，故其政治思想，亦十之八九，源出於儒家。他之所以被人誤解，是因為他重法治，講功實，力矯儒家迂緩之弊。

與其說江陵是法家，是內法外儒；毋寧說他是儒家，是內儒外法。

質言之，江陵本質上是儒徒，而不是法家。

唐新此言，乃在反對佘守德、李岳瑞、陳翊林、王振先等人以張居正爲法家的說法。

香港武俠小說家金庸（本名查良鏞）寫《袁崇煥評傳》（附錄於《碧血劍》書末），對於張居正執政的時代有如下的記述，他說萬曆初年是中國歷史上最光彩輝煌的時期之一，張居正是中國歷史上難得一見精明能幹的大政治家。

從萬曆元年到十年，張居正的政績燦然可觀。他重用名將李成梁、戚繼光、王崇古，使得主要是蒙古人的北方異族每次入侵都大敗而歸，只得安分守己和明朝進行和平貿易。南方少數民族的武裝暴動，也都一一給他派人平定。國家富強，儲備的糧食可用十年，庫存的盈餘超過了全國一年的歲出。交通傳郵辦得井井有條。清丈全國田畝面積，使得稅收公平，不致像以前那樣由窮人負擔過分的錢糧而官僚豪強卻不交稅。他全力支持工部尚書潘季馴，將氾濫成災的黃河與淮河治好，將水退後的荒地分給災民開墾，免稅三年。官僚的升降制度執行得很嚴格，嚴厲懲治貪污。在那時候，中國是全世界最先進、最富強的大國。

金庸先生對張居正的評價可以說是正面的。已故政治學學者薩孟武先生，在其所撰的《中國社會政治史》中，對於張居正則頗有貶詞：

張居正當國，他雖「慨然以天下為己任」，其為政以尊主權、課吏職、信賞罰、一號令為主。但居正只是能臣，而非賢相，其能取得權柄，乃倚中人馮保為內助。性又「褊衷多忌，剛愎自用」。「信任奸佞，好諛成風，六曹之長咸唯唯聽命，至章奏不敢斥名，第稱元輔」。「操群下如束濕，異己者率逐去」。

對張居正頗不欣賞，認爲他過於獨裁。

在狄百瑞（William T. de Bary）所編的《明代思想在個人與社會中的顯現》（*Self and Society in Ming Thought*）一書中，有Robert Crawford的《張居正的儒家正統觀》（*Chang Chu-cheng's Confucian Legalism*）一文，對於張居正給予正面的肯定，認為張居正執政的十年，雖被視為專制政治，但畢竟他能夠控制局面，使國家安定下來，形成中興。

晚近，香港大學亞洲研究中心助理馬楚堅，撰《明政由治入亂之關鍵》一文，以治亂觀點說明張居正執政的功業，他認為張居正的最大功勞是挽救明朝的墮勢，使其能繼續延存數十年：

世宗時，吏部考察之法，徒為具文，人皆不自顧惜，撫按之權太重，舉劾惟賄賂是視，京官無匡正之術，守令無安民之政，遑論定亂之才，致治之學。但知剝下媚上，以取陞遷，吏治日偷。且吏部銓選，改以拈鬮掣籤之法，用人益不可問。重以營制屢更，訓練無聞，而威益不振，督撫監司多文臣少武略，又有武途積輕之習，且多撥兵役使，每有逃亡；都督府徒擁虛名，實則冗散不可用。遂引致外敵之輕我，而有俺答之患、倭寇之侵。而太

> 祖大行素封之制，宗藩遍地，制祿亦巨；且冗官頗眾，國用為之繁；宮廷亦日益奢侈，耗財自巨，民不勝誅求，則群起為盜；內外交侵，在在皆足以覆亡。然而不亡者，幸張居正之出而有撥亂反正之功。

馬楚堅又論張居正的爲政，他說張居正爲人正直，有大破常格，掃除廓清積弊之志：

> 其當國也，立章奏考成法，廣求治國、將帥之才，度天下民田，增至三百萬頃，淘汰內外冗官，削浮費，而一歸於綜核名實，嚴飭紀綱，百廢俱舉，府庫充實，邊患俱平，國勢振起。惜此中興之象初因張氏之出而成，亦因其卒而逝。

總而言之，馬氏在全文中，對張居正的治理朝政給予好評。

黃仁宇先生的《萬曆十五年》，是一本探求明代中衰原因的佳作，可以顯見的，黃先生認爲制度的無法突破，限制了皇帝、官員、思想家，造成了明代走向衰亡。其中也談到張居正，對他的功過有重要的評論，茲引如下：

總的來說，萬曆即位後的第一個十年，即以一五七二年到一五八二年，為本朝百事轉蘇、欣欣向榮的十年。北方的「虜患」已不再發生，東南的倭患也已絕跡。承平日久，國家的府庫隨之而日見充實。這些超出預計的成就，自不能不歸功於內閣大學士張居正。

張居正的根本錯誤在自信過度，不能謙虛謹慎，不肯對事實做必要的讓步。

張居正的十年新政，其重點在改變文官機構的作風。這一文官制度受各種環境之累，做事缺乏條理。張居正力圖振作，要求過於嚴厲，以致抗拒橫生。在他有生之日，他猶可利用權勢壓制他的批評者，可是一旦身故，他的心血事業也隨之付諸流水。

加強行政效率乃是一種手段，張居正的目的，在國富兵強。理財本來也是他的專長，但就是在此專長之中，伏下了失敗的種子。張居正擔任首輔的時候，他用皇帝的名義責令各府各縣把稅收按照規定全部繳足，這一空前巨大的壓力為全部文官所終身不忘。批評張居正的人說，他對京城和各地庫房中積存的大批現銀視而不見，還要用這樣的方式去斂財，必然會逼致地方官敲扑小民，甚至鞭撻致死。這種批評也許過於誇大，但是張居正的做法和政府一向所標榜的仁厚精神相背，卻也是事實，同時也和平素利用鄉村耆老縉紳所行「間接管制」的形式不符。

張居正還有一個錯誤，則是他忽視了文官集團的雙重性格。從客觀條件來看，張居正之引用私人，是無法避免的。張居正一心改弦更張，十年「專政」之後，各地稅額並沒有調整；地方政府也無法管理農村；官吏薪給之低，依然如故。總之，這種維新不過是局部的整頓，而非體制上的變革。張居正本人認真辦事，一絲不苟，他親自審核政府的帳目，查究邊防人馬的數額，下令逮捕犯法的官吏，甚至設計各種報表的格式，規定報告的限期。他所派遣的總督和任命的尚書個個精明能幹，然而他們的誠信仍有問題。

張居正的最後幾年裡，對他的批評者非常敏感，而對有名的文士尤甚。這些名士生平只知用華美的文章大言欺人，決不會對他崇實的作風起好感；因之他也就視此種人為寇讎。平心而論，張居正對待一般文人，確乎過於偏激而有失寬厚。張居正縱使因為他們沒有濟世之才而加以擯斥，也不妨採用比較溫和的方法敬而遠之，不去觸怒他們。

在他執政的時代，在名義上說，文官還是人民的公僕，實際上則已包羅了本朝的出色人物，成為權力的泉源，也是這一大帝國的實際主人。張居正按照過去的眼光，仍然把文官集團當做行政的工具，對其中最受眾望的人物不加尊敬，就使自己陷於孤立的地位。

為什麼張居正這樣令人痛恨？原因在於他把所有文官擺在他個人的嚴格監視之下，並且憑個人的標準加以升遷或貶黜，因此嚴重威脅了他們的安全感。

這些官員之間關係複雜，各有他們的後台老闆以及提拔的後進。他們又無一不有千絲萬縷的家族與社會關係，因之得罪了一個人，就得罪了一批人，也就得罪了全國。這正如他同年王世貞所說，張居正一套偏激的辦法，是和全國的讀書人作對。

黃仁宇對於張居正爲政的做法，做全面的檢討，雖然有苛求的一面，但大體說來，可以看出一個歷史家的觀點。

此外，熊十力在大陸赤化後滯留大陸，撰《與友人論張江陵》一書，極力稱頌張居正的事功，認爲他是大思想家、大政治家。此書本來是與其友人傅治薌（岳棻）談張江陵的一封信。傅氏深以張居正在《明史》中未有專傳，而附於徐階、高拱之間爲恨；傅氏又以爲《明史》「集謗語以誣之，缺史識、敗史德，莫甚於斯矣」。而熊十力自言：「余故與治薌同此恨。」於是熊氏乃爲張居正爭歷史地位，又爲其爭辯學術立場及政策。他說：

明代以來，皆謂江陵為法家思想，世德皆詆其誦法商鞅、秦孝（公）、申不害、韓非、呂政（秦始皇）輩，群惡而賤之。明季王（夫之）、顧（炎武）諸大儒，亦恥之而莫肯道。竊嘆江陵湮沒三百年，非江陵之不幸，實中國之不幸也。

因爲熊氏立論，幾乎是在替張居正訟冤，有恨於江陵之「見絕於當時後世」，故時或不免愛之而掩其惡；又因公羊家思想的過度推演，使張居正成爲「內聖外王型」

的人物，事實上都有問題。

熊十力論張居正，主要有四個中心：

㈠他認爲張居正非法家，乃以儒爲宗本，兼採佛、道與法，而成一家之學。

㈡其爲政任事，是以佛教大雄無畏、粉碎虛空之精神，轉成儒家經世。

㈢張居正是以法令裁抑統治階層，庇佑天下貧民的政治家，近乎社會之公義。

㈣漢代以來政風，不外賄賂與姑息，張氏力矯此弊，故不能不武健嚴酷，以急公去私。

熊十力以「公羊傳式」的義理推演張居正的事功，迴護張居正的過錯，引起許多人的不滿。最近龔鵬程撰《熊十力論張江陵》一文，頗能點出熊十力論點之失，他說：

> 張居正得罪名教，毀書院，與理學家的關係惡劣，是明末清初諸大儒不稱道他的原因。奪情起復，在顧炎武看，總是不可原諒的，欲其稱美居正，可乎？至於黃宗羲，乃東林孤兒，萬斯同又是黃氏門人，撰史而聲江陵之惡，理所當然。熊十力徒傷江陵之見擯，而不知王、顧諸大儒恥之莫肯道

者，不僅因江陵有法家嫌疑也。即使是江陵所謂相業，在黃宗羲看，也根本是荒謬的，熊氏論史，徒憾世人之不能推美江陵，卻對這些歷史情境缺乏理解，甚或有意漠視；只知張居正學術事功的價值，不知抨擊張居正者亦自有其價值。恐怕不是很好的歷史批評。」

龔鵬程又指出熊氏說張居正改革了秦漢以來賄賂與姑息的政風，是有偏差的；又說：

他論張江陵，大抵只是就張氏文集中鉤稽索隱，而未參考時人議論及歷史情境，作成綜合的論斷。猶如聽訟者，偏聽張氏一人供詞，當然不盡可靠。而且他忘了張居正是政治家，政治語言是很特殊的一套辭令，本來就得仔細甄別，不能驟然採信。

對於熊氏認爲張居正奪情起復一事「不足爲江陵罪」，龔氏卻認爲張居正此舉即大干物議：恃權不肯退、違背當時倫理觀念、不合祖法，而「熊十力只看到張居正一套辭俸守制的理論，竟以爲『江陵辭俸守制，爲親爲國，恩義兩全，與奪情起復者確有別』，並罵旁人批評他是受了兩千年專制之毒。未免考證粗疏，過信江陵了」。

龔鵬程又認爲，熊十力將江陵之敗「全部諉責於時代社會世儒及既得利益的統治階層，似亦過當」。龔氏認爲：「剛鷙忮求、玩弄權術、排擠異己是張居正的致命傷。這是他性格上的弱點，故人人都承認他的政績，卻人人都不喜歡他。」此外他也指出熊十力將張居正自我化，「他的理想與抱負，都透過張居正這個形象，焦灼地展布在我們眼前。」並對熊十力說張居正融合儒佛道法、張居正是民主獨裁者等提出反對。最後道出熊十力論點的偏差，實因於他的公羊家詮釋路向。

四、總論

張居正歷三百餘年而其地位浮沈不定，隨時代而不同，大致說來，在萬曆年間因神宗厭惡，爲恩怨所限，評論上多以罪掩其功；神宗死後至明亡間，迫於國危，多追思其功，然抵其過者仍在；至清代則因與張居正、明朝已無直接關聯，所言有好評有惡評，然大體上猶稱平允；及至清末民初，因內外衝擊，思想上變化巨大，對張居正的評論多有異於往昔角度者，其議論亦頗紛擾，然在其中亦有能就事論事者。

當然，在評論一個歷史人物時，該據實追究、不隱惡、不過美，然如許多西洋史家的看法一樣：人脫離不了時代、環境、思潮，對於歷史人物的認定，便伴著這些客觀因素而有所變化，最重要的是評論者往往也有主觀的存見，這種存見所顯露的可能是過度的稱頌或刻意的貶損。民國以來，如梁啓超、李岳瑞、佘守德、陳翊林、唐新及熊十力、徐復觀等人的意見往往過美，實不如孟森、謝國楨、錢穆、黃仁宇等人的看法正確。然而這其中的意見不相容，既暴露出學術流派的差異：史學研究者所持善惡必書，不過美不隱惡的求眞精神，與梁氏諸人的重善諱惡看法實有不同。但是，後者的看法是時代與學派交融的結晶，不能說是不重要的成見，它仍有一定的價值。

由以上所臚列的資料，可以看出一點，史評是一個變數，史實是一個代號，任人應用，然而重要的是它仍然有一定的運算法則，有其一定的答案。一個人從文獻中選擇資料做評論，好比從市場買菜回去烹調，紅燒清燉，一任所好，但是做出來的一定要讓人能吃得下。歷史亦然。正如龔鵬程在《論熊十力論張江陵》一文之首所說的：

> 同一位歷史人物，可以在不同的詮釋者手上，依其詮釋觀點和時代感受，而呈現全然異觀的姿容。故「歷史」與解釋者之間，為一互動關聯。歷史人物既有待詮釋，則必仰賴解釋者主體之涉入；而主體涉入後，歷史人物亦有解釋者的影子。

但是寫史評仍然須盡量維持客觀。

E. H. Carr 說：「歷史是歷史家和事實之間不斷交互作用的過程，『現在』和『過去』之間無終止的對話！」張居正的權奸、忠孝問題亦將隨著光陰的流逝，與時代對話下去。

後記

黃仁宇先生在所著《萬曆十五年》一書的末尾，對於明代的政治有這樣一段話：

當一個人口眾多的國家，各人行動全憑儒家簡單粗淺而又無法固定的原則所限制，而法律又缺乏創造性，則其社會發展的程度，必然受到限制。即便是宗旨善良，也不能補助技術之不及。在這個時候，皇帝的勵精圖治或者晏安耽樂，首輔的獨裁或者調和，高級將領的富於創造或者習於苟安，文官的廉潔奉公或者貪污舞弊，思想家的極端進步或者絕對保守，最後的結果，都是無分善惡，統統不能在事業上取得有意義的發展，有的身敗，有的名裂，還有的人則身敗而兼名裂。

看過這一段話，也許令人想到張居正，他身在一個不能突破的框架內，努力做出他想做的，儘管是非不斷，他仍然值得尊敬，這是我們論他的大方向所該取的態度，但在其他小細節上，他又令人有些憤慨。然而總的說來，他的功還是大於過。

他遭攻擊為權臣，事實上是體制的缺陷；處在制度不健全的國度裡，他有他的先天限制，而這限制加上後天的因素，便造成了困擾。這一困擾在他身上尤其重大，畢竟他眞的是越權了。考成法成了他最大的敗筆，但卻挽救了一個國家。

覓求張居正遭受謗議、怨尤的原因，除了體制因素外，實與其性格、思想見解及其角色有關。

張居正是個個性剛毅、不喜歡矯飾的人，對於與自己個性不同、意見不合、作風有異的同僚、疆臣，常不稍假借，輒予反對，此點在初入翰林院為編修時即可看出；張居正為不悅嚴嵩的誤國，以及老師徐階的持重，皆曾表示心中的不滿，尤其在給假回籍休養之前致徐階信中，直言徐階貪戀性命，佯順嚴嵩，而對於嚴嵩誤國未予揭破，實非負責的大臣所當為。對老師如此，對他人更當過之。在進入內閣後，對李春芳、趙貞吉、殷士儋，甚而高拱，也都有所齟齬。事實上，張居正也是高拱型的人物，因是兩人的衝突更是不可避免。由於個性如此，在十年主政中，自然得罪不少官員、縉紳。他在世的時候，雖屢有言官攻擊，然比不上其死後的海嘯襲擊。鄒元標曾說張居正個性「偏急」，應有部分得實。

張居正是個講實際的政治人物，本身對於法、兵、儒、釋皆有所涉及，並深得各家要義，且篤信而力行之：得法家的嚴明，兵家的權變，儒家的忠誠，以及釋家的超脫，而混合表現於其言論、行動和事業上，完成其一生事功。前人佘守德與陳翊林俱主張張居正爲法家：援各家精神入法家，以法爲主，而以儒、兵、釋爲輔；其實若仔細推敲，則張居正應有重大成分是儒家，而其主張也該是援法入儒，而非援儒入法。在張居正的著述中，頻頻對儒家經典如《春秋》、《孟子》、《論語》、《禮記》、《易經》等皆有所稱引，而給予不同常人的理解。或許由於張居正對於儒家經義有不同於前人的解釋，乃有人主張他非儒，實則其學術多有上通於先秦儒家眞義者。錢穆先生於《中國學術通義》中之〈中國儒家與文化傳統〉一文裡，談及北宋之後儒者有「綜匯儒」，有「別出儒」。「綜匯儒」尚詩文、重歷史；「別出儒」則重心性。換言之，即若錢先生另一著作《中國近三百年學術史・引論》中所言：

> 北宋學術，不外經術、政事兩端。大抵荊公（王安石）新法以前，所重在政事，而新法以後，則所重尤在經術。
>
> 迄乎南宋，心性之辯愈精，事功之味愈淡。

綜言之，則「綜匯儒」大抵重政事、立功業，而「別出儒」多研經術、談心性。張居正大約為綜匯之政事一型。

由於張居正崇實的性格，在學術偏重實用方面，故而吟風弄月的文人，不甚欣賞，黃仁宇在《萬曆十五年》即指出他對待一般文人有過激而失厚道之處，與張居正同年登科的王世貞、汪道昆便以好為散文，而不獲張居正重用與信任。

另一方面張居正也不願多談空論。因此當時一般偏重談理論的學者，便認為張居正不好學。當時士大夫喜歡道學而趨於空談，張居正極不贊成；當時士大夫受王陽明學說的影響，多以釋家解釋儒家，益趨於虛空，已失王學本貌，張居正也表示反對；張居正對於學問的受用處，則注重實得於己，求踐履實行。綜合張居正所主張者，皆側重於務實方面；簡言之，張居正走的道路該是屬於「知行合一」的層次。

張居正又是一個專注、勤心的人，這種性情演變到極致，會變成過分認眞、賣力、獨斷、專權。張居正一生做事不顧他人反對，對於自己認為正當而於國家、生民有益的，一意固執而行，打破個人的毀譽得失，任勞任怨，在用心上論，可謂盡心；但在技術層次上，張居正卻引人物議。由於在名義上張居正是皇帝的顧問，並無決策和任免的權力，為著貫徹自己的主張，他採取以書牘來往的方式指示督撫奉行，並且以票擬的權力左右朝臣的建言，這些做法，實際上是以他自己作中心，另外形成一個特殊的行政機構，以補救正常行政機構之不足。此種方式在其執政時政策貫徹上極爲一致，而造就了國家的盛運，但在旁人看來，就是上下其手；以氣節自負的人，自更不願向他低頭，以免於趨附權勢的譏訕。而張居正以考成法加強行政效率，其法良善，卻免不了破壞文官集團的自由。

除了考成法違背祖法外，另外在次級問題上也有困難：在下層行政單位許多實際問題尚未解決以前，行政效率的增進，必然是緩慢的、有限度的。強求增高效率，超過限度，便造成行政系統的內部不安，整個文官集團會因突然來臨的超高壓力而不滿，於是張居正不免要爲考成法而遭受攻擊。張居正本人精明強幹，能在天未亮前即入閣辦公直至深夜（此點與高拱亦極相似），是秦始皇、王莽、唐太宗、雍正一類的人物，但他人未必也能如此，因此屬員雖然表面奉行不已，但骨子裡卻有滿腔恨意。在其當政十年之中，除了少部分人能體諒其苦心外，多數人對其做法並不欣然接受，在這方面他是孤獨的。

此外，張居正在教導神宗、辦理刑案、整飭學政等上面都曾遭嚴厲的批評。居正因與太后、馮保督責神宗過嚴而激起十年以後的反動，此爲傳統教育有待考量的徵象。究其實，張居正只是代罪羔羊，太后一意賦與張居正教導之權，甚至以張居正爲意識形態迫使神宗屈服，因此造成神宗於張居正除敬意外又有畏懼，甚至有所怨尤。且神宗即位到親政這段期間，正是人生中最富叛逆性的十年，在個性上受到壓抑，反而容易使偏恣與不滿如火山般爆發。以今日心理學的說法來看，神宗對於其社會角色——皇帝——的被忽視及權力的受剝奪，加上自我價值的矛盾，內心應憤憤不平。以至於居正與太后等的想法，神宗也不見得接受，換言之，即溝通發生滯塞。於是在張居正死後不久，報復的心理如火山爆發，不可收拾。

張居正在執政時，一味主猛政，固然與環境——嘉靖以來的積弱——有關，而其性格的剛毅，思想的實際亦皆有關聯。在獄政上，他是子產的信徒；在加強吏治上，他是諸葛亮的同調者；而在學政上，他又是朱元璋家法的切實執行者；至於箝制言官，則不過是嚴嵩、高拱等的舊調重彈，總結起來，張居正爲政少有寬柔，倘使爲政寬柔，便違背張居正爲學爲政的本旨。這是他的優點，也是他的短處。

若說張居正本人「嚴以律己」，但在行政上卻似乎未能「寬以待人」。張居正時有公而忘私的念頭，對於自己約束嚴謹，而看輕財貨。當其初掌政權時，曾四辭恩命，其後因廣東奏捷、六年考滿、纂進實錄、九年考滿、廣西奏捷、遼東奏捷、大婚禮成、十二年考滿等事，加官進爵，張居正均再三力辭，其中緣故或許即在於張居正所重者爲事功，不在加爵晉祿。此外，張居正對於餽贈也拒納，操守自持。在這兩方面，張居正可說超脫。但在與同僚相處上，他卻是失敗的。

在探尋張居正的思想時，有一點頗值注意：其思想充滿反傳統的影子，卻同時存在復古的傾向。張居正反對北宋以來的理學，以其非救世濟民之實學，故而主張經理政治，爲當務之急，不倡言空談心性，徒事玄思。在隆慶六年初柄政權時，張居正行富強之策，有人批評其重霸術，不行王道。張居正當時的反應便是以孔孟反對宋儒，即是以儒家原貌來破解宋儒之說，他說：

孔子論政，開口便說「足食」、「足兵」。舜令十二牧也說：「食哉維時。」周公立政也主張：「其克詰爾戎兵！」何嘗不欲國家既富且強？後世學術不明，高談無實，剽竊仁義，謂為「王道」，才稍微涉及富強，便說是「霸術」。

此「皆宋時姦臣賣國之餘習，老儒臭腐之餘談」，把那些人臭罵了一頓。由此可見其反傳統，卻又復古的傾向。

總之，他對於宋明以來這些「別出儒」是不予贊許的。在中國正統儒學的經脈中，本以知識、道德、政治爲一貫，道德所以立德，知識所以立言，政治所以立功，同爲不朽之事，在最高要求下多主張三者合一，即體、用、文三者融貫於一身，此即錢穆先生所謂的「綜匯儒」，北宋時歐陽修、王安石、司馬光皆是這一類型人物。由於張居正性向偏於「綜匯儒」，心儀此型人物，對於非正統的「別出儒」自無好感，加上本身又是崇實的人，因而更加強其排斥講心性之學與浮華之文的心理。

其次，張居正對於歷史經驗也頗加注意，大約他是一個歷史教訓的服膺者。張居正年輕時候讀《春秋傳》便曾慨然說：

古稱政之所予，在順民心，有以咈為順者，子產是也，吾殆類是乎！

對於子產治鄭的經驗頗有心得，日後影響到他的施政。其次諸葛亮治蜀的歷史經驗也對他產生作用。此外張居正對於孔子所言的「政在節財」、「君臣父子」、「正名」等，也都將之付諸行政中。而對於歷代衰亡之漸則更爲戒惕。他曾說：

聲容盛而武備衰，議論多而成功少，宋之所以不競也。不圖今日，復見此事。

於宋代言官議論誤國頗持鑑戒，故對於當代言官的勢張極力壓制。而對宋武備的積弱、冗官之多也時有批評，且立意對當時邊務、閒員加以振作、汰減。凡此可能都與他重視歷史有關。

張居正雖然心儀王安石，但並不強調變法。對於所謂的法先王、法後王也不拘持，他說：

法制無常，近民為要，古今異勢，變俗為宜；故法無古今，惟其時之所宜，與民之所安。法先王與法後王，兩者互異，而荀（循）為近焉。

這是一種開明的看法，頗具有科學的態度。

必須一提的是，因張居正自入仕以後，即在北京任職，且在翰林院、內閣這類養成、顧問、決策機構中爲官，未曾擔任部院官僚或外官，對於其他施政自有影響，畢竟在某些方面，他無法體會中間的困難與辛勞，故若使張居正得任外官，他的行政可能不會過於苛急，而其性情可能也會較寬圓，受到的讎怨也將稍減。

審度張居正爲政的措施，可以看出他是一個具大勇的人，在政治圈裡，也許他不是聰明人，未能內方外圓，但其勇於任事，能耐煩與不懼惡勢力的表現，實值得欽許。當然其政策未盡周圓，但他的用心爲公，不爲私，已極可佩。最可貴的是他能聽專家的意見，用專家做事。在邊務與治水兩方面，都表現出他能任用專才的優點。

張居正爲政中較少受到攻擊，而留供後人追思的，主要是振作武功、整理財政與治河政策。張居正一主政，便延續徐階、高拱對於邊務的專注，史言其：

慨然以國事為己任，中外想望丰采，一意尊主權，課吏實。尤以整飭武備為急務，南北守禦，必付託得人。當時將才，如戚繼光總理薊門軍務，王崇古、方逢時總督宣大軍務，李成梁總兵遼東，曾省吾、劉顯平四川都蠻，殷正茂、俞大猷、凌雲翼平廣東羅旁諸賊，莫不以功名顯於世，亦莫不為文忠所玉成。

當時張居正雖負責籌畫，但仍採納譚綸、戚繼光等的做法，且任將以專，不輕易更動降黜，甚至視將才如子，顯示出知人善任的一面。

關於治河，他任用潘季馴，也是功不可沒。潘季馴治河功成之後十五年間，黃河未見決口，迨接任者總理河漕後，則決口、崩堤等情況一再出現，於是不得不再起用潘季馴。今人岑仲勉在《黃河變遷史》中，對於潘季馴治河頗多貶詞，實爲過苛的評論。歷來治黃河爲重大事件，即在當今科學時代亦不見得有完善之策，潘季馴能有成就已屬不易，如衡量古今，其功不容泯沒。而張居正力予支持，也是睿識。

在整理財政方面，古今都給予他極高的評價。張居正本人對於理財頗有一套辦法，主要爲嚴清丈、興水利、重糧政、行條編、查驛遞等，大致說來，乃在開源與節流上下功夫，其中嚴清丈、興水利、重糧政爲前序工作，重點在行一條編法，爲其整理財政的中樞，而查驛遞則是配合作業而已。張居正十年主政最大的兩件功勞，除整理軍備外即是此項措施。

《孟子》說：「爲政不難，不得罪於巨室」，張居正卻針對巨室加以壓制，可以說已經不計個人利害，而以普遍利益爲依歸。在節制親貴上，他得罪皇太后生父李偉，及王皇后的父兄等外戚，得罪藩王；在整頓學風上，得罪學霸；在整理財政上，得罪巨紳豪強；在嚴查驛遞上，得罪公侯官家，至於其他人也不少。張居正的用心是在強調社會的公平，整理一定的秩序，使社會得到平衡。這是他的氣魄，所謂「工於治國，昧於治身」，蓋指此而言。

總括張居正所做的事，大半是褒貶皆有，此中原因很多是意見不同使然，因此張居正一生的聲名，便如孟森所説「功過不相掩」了。

張居正的一些措施，有些留給人不好的印象，有些則因時代遞變而遭重新考量，有所變化。在受人非議的事情中，最重要的是其與宦官的關係。明代因體制失調，導致宦官權重，閣權雖由卑而尊，陵越部權，但宦官之權（閹權）又逾越閣權而上之，皆情勢消長所成，也是君主所致。當時便有這樣的説法：「大臣非夤緣内臣不得進，非依憑内臣不得安。」閹權的囂張可知。張居正與馮保相善，便給人勾結宦官的口實。然在張居正而言，他猶可對付宦官，但其後閣臣對於宦官首領多無法控制，造成明末魏忠賢的誤國。

當然這不是張居正一人的錯，歷史是緩進的：在英宗時，李賢爲首輔，司禮太監有公事來内閣，衹便服接見，事畢便送客；其後彭時繼爲首輔，見内監必衣冠穿戴整齊，並與之分列而坐，閣老面西，中官朝東，待之以客禮；陳文爲首輔，則送内監出閣；商輅爲首輔甚至送其下階，至萬安爲首輔時，親自送出內閣正門。宦官的勢力一日盛於一日，而閣揆與之關係便日漸緊密，若不然則無法施展抱負。當時大臣祇要一晉身大學士，例當登門拜見司禮太監，兼送履歷狀與見面禮。又嘉靖時，有太監對朝臣得意地說：「昔日張先生（璁，後改名孚敬）進朝，我們要打恭作揖。後來夏先生（言），我們只平眼看看。今日嚴先生（嵩）與我們恭恭手才進朝。」在這種情況下，張居正不能自外於環境，祇有交結內監，然張居正有辦法讓馮保不干政弄權，這點更見其厲害處。

由於李太后對於張居正付託的殷切，又使張居正蒙上結后妃以自固的惡名。然以當時的情況，實難言對錯。《明紀》說：

> 慈聖太后性嚴明，委任居正，甚至同列呂調陽莫敢異同。萬曆初政，綜覈名實，幾於富強，太后力為多。

依此而言，則雙方都有責任。

張居正畢生殫精竭慮以盡忠明室，所貢獻於國家者不爲不厚，卻蒙受惡名與災禍，繼任者，對於其力求振作的措施與政策多不敢明予贊成與執行，於是因循苟且，半世紀後明朝亡國，江山易主。其關鍵就在神宗，張居正十年拮据盡瘁而不足，神宗一旦敗壞而有餘，實值痛惜！

張居正一生強烈的愛國主義思想，與民族主義精神，在十年掌權中確實做到「安內攘外」，然英名卻不容於神宗，留下「謀國不忠」的罪名，眞是一大諷刺！

或許我們可以用下面的這闋詞，來做爲本書的結束：

滾滾長江東逝水，浪花淘盡英雄，是非成敗轉頭空，青山依舊在，幾度夕陽紅。

白髮漁樵江渚上，慣看秋月春風，一壺濁酒喜相逢，古今多少事，都付笑談中。

附錄——年表

年號	西元	年齡	事蹟
明世宗嘉靖四年	一五二五年	一歲	張居正出生於江陵；原名白圭，字叔大，號太岳。
明世宗嘉靖六年	一五二七年	三歲	韃靼小王子攻打宣府。
明世宗嘉靖七年	一五二八年	四歲	王守仁鎮壓獞人。
明世宗嘉靖九年	一五三〇年	六歲	明廷開始製造佛郎機大炮。
明世宗嘉靖十二年	一五三三年	九歲	四川番民起義。 大同兵變，總兵官被殺。 韃靼俺答侵入河套。
明世宗嘉靖十三年	一五三四年	十歲	黃河南徙。 韃靼吉囊攻打延綏。
明世宗嘉靖十五年	一五三六年	十二歲	張居正投考秀才，荊州知府李士翱

明世宗嘉靖十八年	一五三九年	十五歲	賜名居正。 遼東兵變，總兵官馬永討平之。
明世宗嘉靖二十年	一五四一年	十七歲	明在越南北部設「安南都統使司」，黎氏保有統治清華一帶。
明世宗嘉靖二十一年	一五四二年	十八歲	韃靼俺答入侵山西。
明世宗嘉靖二十二年	一五四三年	十九歲	貴州苗人起義。 達賴喇嘛三世開始在蒙古傳教。
明世宗嘉靖二十三年	一五四四年	二十歲	韃靼俺答侵擾大同。
明世宗嘉靖二十四年	一五四五年	二十一歲	明廷在寧波焚毀葡萄牙船隻。 韃靼俺答侵犯遼東。
明世宗嘉靖二十五年	一五四六年	二十二歲	韃靼俺答遣使求貢，明廷殺使者，拒之。
明世宗嘉靖二十六年	一五四七年	二十三歲	黃河在曹州決口。 倭寇侵犯寧波、台州，朱紈奉命全權掃蕩倭寇。

明世宗嘉靖二十八年	一五四九年	二十五歲	葡萄牙人侵犯漳州月港。 韃靼俺答侵擾宣府、大同。 浙江海盜汪直等勾結倭寇劫掠沿海。
明世宗嘉靖二十九年	一五五〇年	二十六歲	「庚戌之變」韃靼俺答圍北京，焚掠外城三晝夜而去。
明世宗嘉靖三十年	一五五一年	二十七歲	明廷開大同、宣府馬市。
明世宗嘉靖三十一年	一五五二年	二十八歲	明廷罷馬市。
明世宗嘉靖三十二年	一五五三年	二十九歲	葡萄牙侵占澳門。 楊繼盛因彈劾嚴嵩下獄。 韃靼俺答攻打大同。
明世宗嘉靖三十三年	一五五四年	三十歲	倭寇侵擾溫州。 俞大猷在吳淞擊敗倭寇。
明世宗嘉靖三十四年	一五五五年	三十一歲	汪直等引倭寇從太倉侵蘇州。 明世宗殺楊繼盛。

明世宗嘉靖三十五年	一五五六年	三十二歲	俞大猷在黃浦擊敗倭寇。 戚繼光在浙江組織民防抵禦倭寇。
明世宗嘉靖三十六年	一五五七年	三十三歲	倭寇侵犯揚州。 葡萄牙人定居澳門。
明世宗嘉靖三十七年	一五五八年	三十四歲	倭寇侵犯福建、浙江等地，被明將俞大猷等擊退。
明世宗嘉靖三十八年	一五五九年	三十五歲	韃靼把都兒辛愛入侵。
明世宗嘉靖三十九年	一五六〇年	三十六歲	南京兵變。 倭寇侵犯湖州。
明世宗嘉靖四十年	一五六一年	三十七歲	明將戚繼光屢在浙江擊敗倭寇。
明世宗嘉靖四十一年	一五六二年	三十八歲	明權臣嚴嵩被罷免，其子嚴世蕃下獄。 戚繼光在福建興化擊敗倭寇。
明世宗嘉靖四十二年	一五六三年	三十九歲	明將戚繼光、俞大猷在福建擊敗倭寇。

明世宗嘉靖四十三年	一五六四年	四十歲	張居正所修《承天大志》完成。
明世宗嘉靖四十四年	一五六五年	四十一歲	四川大足白蓮教徒叛亂。 戚繼光在福寧擊敗倭寇，平定福建、廣東「倭患」。
明世宗嘉靖四十五年	一五六六年	四十二歲	韃靼辛愛攻打萬全右衛。
明穆宗隆慶五年	一五七一年	四十七歲	明冊封韃靼俺答爲「順義王」。
明神宗萬曆二年	一五七四年	五十歲	倭寇侵犯浙、粵沿海，被擊退。
明神宗萬曆四年	一五七六年	五十二歲	黃河決口，流入淮水。
明神宗萬曆九年	一五八一年	五十七歲	張居正推行「一條編法」，改革朝政。
明神宗萬曆十年	一五八三年	五十九歲	杭州兵變。 倭寇侵犯溫州。 張居正病逝北京，賜諡文忠，歸葬江陵。

一統天下 **秦始皇**
郭明亮◎著 220元

狡詐權臣 **王莽**
張壽仁◎著 230元

三國梟雄 **曹操**
吳昆財◎著 200元

巾幗雄心 **武則天**
康才媛◎著 260元

四朝宰相 **馮道**
林永欽◎著 240元

功高震主 **岳飛**
楊蓮福◎著 200元

文武兼治 **張居正**
邱仲麟◎著 270元

海上遊龍 **鄭成功**
周宗賢◎著 200元

教主天王 **洪秀全**
藍博堂◎著 240元

功過難斷 **李鴻章**
張家昀◎著 270元

華北霸王 **馮玉祥**
張家昀◎著 280元

舊朝新聲 **張之洞**
張家珍◎著 220元

12冊特價1999元（原價2830元）

三十功名塵與土
一將功成萬骨枯

多少君臣將相，或開創帝業，或權傾朝野，或擁兵率軍，或擘畫改革；在太平與戰亂、興盛與衰亡中創造歷史，忠奸成敗，功過是非，留下不朽的功業和萬世的罵名。他們毀譽參半，褒貶不一，在謳歌讚揚與羞辱唾棄中擺盪，是可敬可愛，也是可憎可厭的爭議人物。

本系列的每本書以兩大部分呈現，第一部分為人物傳記，第二部分為是非爭議之處，針對爭議的主題來論述；因而不僅僅是人物傳記，它也是一部心理分析叢書，巨細靡遺地分析十二位在歷史上備受爭議人物的愛恨情仇及人格上的優缺點，希冀以歷史事實的敘述，加以探討，從中得到啟發。也讓我們逆向思考、反觀過去所讀的歷史，重新定義、評斷這些歷史人物的所作所為。

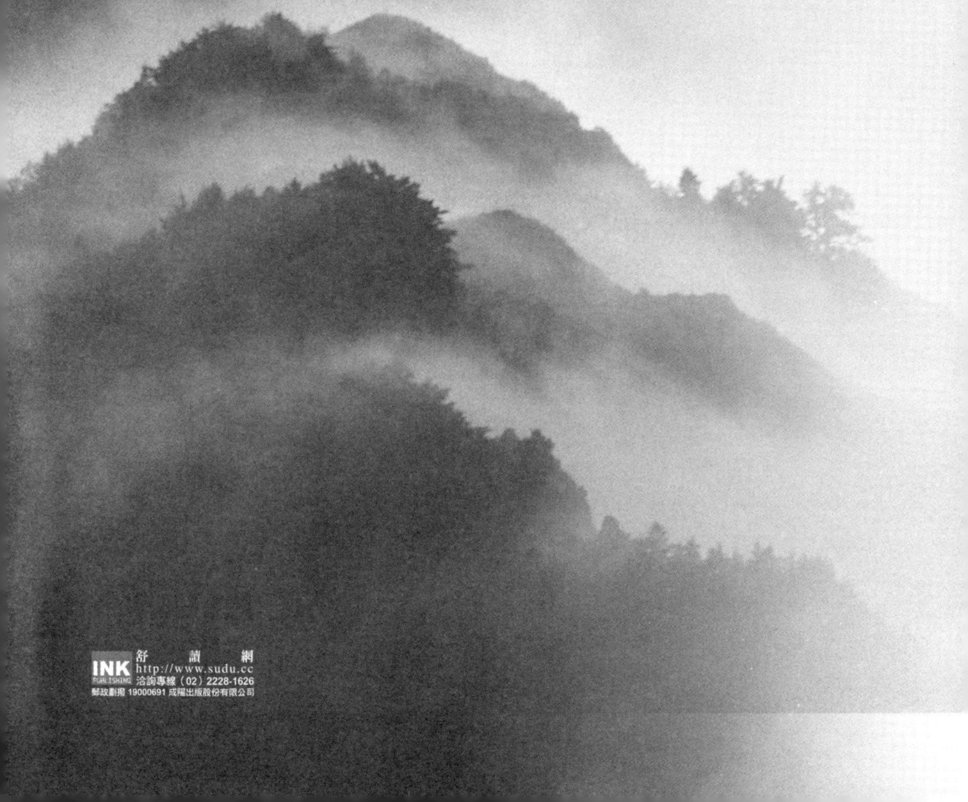

INK PUBLISHING
舒讀網
http://www.sudu.cc
洽詢專線（02）2228-1626
郵政劃撥 19000691 成陽出版股份有限公司

INK PUBLISHING

從前 8

文武兼治：張居正

作　者　邱仲麟
總編輯　初安民
叢書主編　鄭嫦娥
美術設計　莊士展
校　對　林其煬　呂佳真

發行人　張書銘
出　版　INK印刻文學生活雜誌出版有限公司
台北縣中和市中正路800號13樓之3
電話：02-22281626
傳真：02-22281598
e-mail：ink.book@msa.hinet.net
網　址　舒讀網http：//www.sudu.cc

法律顧問　漢廷法律事務所
劉大正律師
總代理　展智文化事業股份有限公司
電話：02-22533362・22535856
傳真：02-22518350
郵政劃撥　19000691　成陽出版股份有限公司
印　刷　海王印刷事業股份有限公司

出版日期　2009年 2月 初版
ISBN　978-986-6631-48-1

定價　270元

國家圖書館出版品預行編目資料

文武兼治：張居正 / 邱仲麟著.
- - 初版.- - 台北縣中和市：INK印刻文學,
2009.02 面；　公分.--（從前；8）
ISBN 978-986-6631-48-1（平裝）
1.（明）張居正　2.傳記
782.867　　98000793

版權所有・翻印必究
本書如有破損、頁或裝訂錯誤，請寄回本社更換

INK

INK INK INK INK INK INK
INK INK INK INK INK
INK INK INK INK INK INK
INK INK INK INK INK
INK INK INK INK INK INK
INK INK INK INK INK
INK INK INK INK INK INK
INK INK INK INK INK
INK INK INK INK INK INK
INK INK INK INK INK
INK INK INK INK INK INK
INK INK INK INK INK
INK INK INK INK INK INK
INK INK INK INK INK
INK INK INK INK INK INK
INK INK INK INK INK
INK INK INK INK INK INK
INK INK INK INK INK
INK INK INK INK INK INK
INK INK INK INK INK
INK INK INK INK INK INK
INK INK INK INK INK
INK INK INK INK INK INK